KB196581

가짜 가족

우리학교 상상 도서관

가짜 가족

초판 1쇄 펴낸날 2025년 1월 20일

글 이귤희
그림 이경석
펴낸이 홍지연

편집 고영완 전희선 조어진 이수진 김신애
디자인 권수아 박태연 박해연 정든해
마케팅 강점원 최은 신예은 김가영 김동휘
경영지원 정상희

펴낸곳 (주)우리학교
출판등록 제313-2009-26호(2009년 1월 5일)
제조국 대한민국
주소 04029 서울시 마포구 동교로12안길 8
전화 02-6012-6094
팩스 02-6012-6092
홈페이지 www.woorischool.co.kr
이메일 woorischool@naver.com

ISBN 979-6755-11-293-8 73810

만든 사람들
편집 고영완
디자인 전나리

가짜 가족

이귤희 글 **이경석** 그림

차례

내가 헛되이 보낸 오늘은

어제 죽은 이가 그토록 갈망하던 내일이다.

-소포클레스-

이번 생은 망했어!

"내 잘못 아니야. 다 희준이 탓이야."

찬영이는 다리를 떨며 중얼거렸다. 애초에 희준이가 드론을 학교에 가져오고, 사물함 비밀번호를 큰 소리로 말한 게 잘못이었다.

토요일 오후, 찬영이는 엄마한테 떠밀려 집을 나가야 했다. 옆집 아줌마가 "오늘은 축구 교실 안 가니?"라고 물어서였다. 축구 교실을 못 간 지 반년도 넘었지만, 비밀이었다. 엄마는 "가야지." 하고 찬영이한테 축구복을 입혔다.

딱히 갈 곳이 없던 찬영이는 소명이에게 만나자고 전화

한 뒤 먼저 학교에 갔다.

소명이를 기다리는 동안 희준이의 드론을 사물함에서 몰래 꺼내 운동장에서 날렸다. 학교에 아무도 없어 괜찮다고 생각했다. 드론은 푸른 하늘을 가르며 제법 잘 날았다. 드론과 한 몸이 돼 하늘을 나는 것 같아 기분이 좋았다. 드론이 떨어져 바닥으로 곤두박질치기 전까지는 말이다. 찬영이는 박살 난 드론을 사물함에 쑤셔 넣고 그대로 도망쳤다.

집으로 돌아와 이불을 뒤집어쓰고 월요일이 오지 않기를 간절히 바랐지만 그런 기적은 일어나지 않았다.

월요일 아침, 학교 가는 내내 낭떠러지 길을 걷는 기분이었다. 살짝 삐끗하면 바로 끝장이었다.

재수 없는 희준이가 얼마나 난리를 칠지 상상만 해도 아찔했다. 사사건건 찬영이한테 시비 거는 희준이에게는 대놓고 물어뜯을 좋은 기회가 생긴 셈이다.

교실에 앉아 있는 찬영이 뒤로 희준이 목소리가 들렸다. 주말 가족여행을 자랑하던 희준이는 사물함을 열자마자 소리 질렀다.

"내 드론! 드론이 망가졌어. 리모컨은 어디 갔어? 누구야? 내 드론 망가뜨린 놈이?"

찬영이의 등줄기에서 식은땀이 흘러내렸다.

'그냥 물어 준다고 할까.'

머리카락을 움켜쥐며 고민했지만, 물어 줄 돈이 없었다.

'가만히 있자! 모른 척하자! 그럼 지나갈 거야.'

결국 찬영이는 침묵을 선택했다.

희준이는 반 아이들을 한 명씩 붙잡고 캐물었다. 찬영이는 말짱한 얼굴로 "나 아닌데!"라고 말했다. 뒤늦게 등교한 소명이도 희준이에게 한참을 시달린 뒤 자리에 앉았다. 찬영이는 소명이의 뜨거운 시선이 느껴졌지만 모른 척했다.

쉬는 시간에 소명이가 찬영이를 복도로 불렀다.

"어제 학교 왔더니 너 없더라."

찬영이는 어떤 거짓말을 할지 머리를 굴렸다.

"어, 어, 엄마가 갑자기 외식하자고 해서 못 갔어. 너한테 연락하는 거 깜빡했다. 미안."

찬영이는 입속이 바싹바싹 말랐지만 태연하게 말했다.

"전화도 안 받던데?"

소명이가 집요하게 파고들었다.

"그랬어? 배터리가 나갔었나? 이상하네."

찬영이는 발 연기를 하며 최대한 몰랐다는 표정을 지었다.

"나 어제 네가 학교에서 뛰쳐나오는 거 봤어. 솔직히 말해. 희준이 드론 네가 망가뜨렸지?"

소명이는 알고도 빙빙 돌려 물은 거였다.

"그거 나 아냐. 학교에 안 왔다니까. 오지도 않았는데 어떻게 망가뜨려?"

찬영이는 눈도 깜짝 안 했다. 거짓말은 할수록 느는 게 맞았다. 하지만 소명이한테는 안 통했다.

"찬영아, 너 또 이럴래?"

소명이가 실망한 표정을 지었다. 하지만 찬영이는 '또'라는 말만 들렸다. 기분이 확 상했다.

"또라니?"

"너, 저번에도 희준이 볼펜 빌려 가서 잃어버리고 모른 척했잖아."

희준이와 사이가 나빠진 건 그때부터였다. 희준이는 찬영이가 거짓말쟁이라며 떠벌리고 다녔다.

"그거 나 아니라고 했잖아. 넌 저 싸가지 없는 희준이 얘기를 믿는 거야?"

찬영이는 소명이가 지난 일을 들춰 자존심이 상했다.

"믿고 안 믿고가 뭐가 중요해? 잘못했으면 사과하는 게 맞지."

소명이가 한숨을 쉬며 인상을 찌푸렸다.

"뭘 사과해? 내가 안 했는데. 그때도 나 아니고, 지금도 나 아니야!"

찬영이는 바락바락 우겼다. 소명이가 희준이 편을 드는 게 기분 나쁘고 서운했다. 친구라면 무조건 믿어야 한다. 그래야 '베프'다. 하지만 소명이는 믿어 주지 않았다. 게다가 계속 우기느라 솔직히 말할 기회도 놓치고 말았다. 이렇게 된 이상 더 뻔뻔해지는 수밖에 없었다.

눈가가 촉촉해진 소명이가 말했다.

"그냥 미안하다고 한마디 하면 되잖아. 넌 안 들키면 된다고 생각하겠지만 그렇지 않아. 지금 당장은 넘어갈 수 있어도 해결된 게 아니니까. 네가 저지른 일은 아무도 해결해 주지 않아. 결국 네가 해결해야 해."

"난 미안한 거 없어. 해결할 것도 없고."

찬영이는 끝까지 우기고 자리로 돌아왔지만 마음은 무거웠다.

‘다음 쉬는 시간에 사과할까?’

고민했지만 관두기로 했다. 집에 갈 때 장난을 걸면 소명이는 못 이기는 척 웃어 줄 거다. 항상 그랬으니까.

희준이는 내일 기술자가 와서 학교 CCTV에 녹화된 영상을 찾으면 범인을 잡을 수 있다고 큰소리쳤다. CCTV는 생각도 못 했다. 찬영이가 들키는 건 시간문제였다.

드론 사건을 들은 담임 선생님도 범인이 밝혀지면 그냥 넘어가지 않겠다고 으름장을 놓았다.

찬영이는 두 손 모아 생각나는 모든 신에게 기도했다.

‘이 일만 해결되면 시키는 건 뭐든 할게요. 제발, 도와주세요.’

CCTV가 고장 나기를, 내일 세상이 망하기를 간절히 바랐지만 그런 일은 일어나지 않을 거다.

내일 찬영이가 범인인 게 밝혀지면 소명이와 절교하고 전교 왕따에, 학교에서 쫓겨날지도 모른다. 학교는 쫓겨나도 되지만, 왕따는 싫었다. 그러나 잘못을 바로잡을 용기는 없었다. 그냥 모든 게 저절로 해결되길 바랄 뿐이었다.

“아! 망했다.”

찬영이 입에서 탄식이 나왔다.

찬영이는 결국 혼자 집에 갔다. 소명이는 찬영이를 본 척도 안 했다. 소명이한테 섭섭하고 화가 났다. 방귀 뀐 놈이 성낸다고 해도 상관없었다.

기분이 처져 공원 의자에 널브러지듯 앉았다. 한숨이 절로 나왔다. 소명이랑 이대로 영영 헤어지면 어쩌나 걱정됐다. 잔소리할 때는 싫지만 소명이는 소중한 친구다. 내일부터 혼자가 될 생각에 눈앞이 캄캄했다.

"이대로 연기처럼 사라졌으면 좋겠어."

찬영이는 다리 사이로 고개를 떨구고 한숨을 쉬었다. 인생이 컴퓨터 게임이면 좋겠다는 생각이 들었다. 게임이 망하면 리셋 버튼을 눌러 다시 시작하면 되기 때문이다.

"저게 뭐지?"

의자 다리에 붙어 있는 손톱만 한 크기의 반짝이는 스티커가 눈에 띄었다. 찬영이는 스티커를 손끝에 붙여 보았다.

아무도 모르게 이사해 드립니다. 새 인생을 설계해 드립니다.
이사 전문 업체 야반도주. 123-456-7890.

"새 인생? 이사? 헉!"

찬영이는 눈이 번쩍 뜨였다. 해결 방법을 찾은 것 같

휴~우~
…?!
아무도 모르게 이사해 드립니다.
새 인생을 설계해 드립니다.
이사 전문 업체
야반도주
123-456-7890

았다.

"먼 데로 이사 가고 전학 가면, 드론은 저절로 해결되겠네?"

희망이 생긴 찬영이는 서둘러 집으로 향했다.

"찬영아."

동네 입구에 있는 마트 아줌마가 찬영이를 불러 세웠다. 한때 엄마가 일했던 마트였다.

"엄마 집에 계시니? 요즘 도통 얼굴을 못 보겠다."

찬영이는 동네 사람들이 엄마 아빠를 물어보면 어떻게 대답할지 떠올렸다.

"오늘 엄마, 골프 모임 있다고 했어요."

"저번에도 그러더니, 돈 많이 벌더니 사는 게 달라졌네?"

마트 아줌마가 비비 꼬며 말했다. 찬영이는 또 질문할까 봐 꾸벅 인사하고 얼른 자리를 떴다.

주택가를 지나 빌라촌 골목을 올라가자 찬영이가 사는 장미 빌라가 보였다.

찬영이는 불 꺼진 1층 집을 열쇠로 열고 들어갔다.

"아들?"

불 꺼진 거실에서 엄마 목소리가 들렸다. 엄마는 퀭한 얼굴로 컴퓨터 앞에 앉아 찬영이를 반겼다. 싱크대엔 설거지거리가 쌓여 있고, 소파엔 아침에 갈아입은 옷이 그대로 놓여 있었다.

"어떡해, 어떡해. 오늘도 바닥이야, 바닥."

엄마는 컴퓨터 화면을 보며 머리카락을 쥐어뜯었다.

찬영이는 소파에 누워 과자를 먹었다. 과자 부스러기가 떨어졌지만 신경 쓰지 않았다. 엄마는 집 안이 더러워지는 것에 아주 너그러웠다.

"오다가 마트 아줌마 만났는데 엄마 집에 있냐고 물었어."

"뭐라고 했어?"

"시키는 대로 했어. 근데 안 믿는 거 같아. 아줌마가 우리 돈 많은 줄 알던데?"

"돈이 많을 뻔했지. 이대로 있다간 들통나는 건 시간문제야. 마트 여자가 알면 그 성격에 가만있지 않을 텐데 큰일 났다. 진짜."

엄마는 땅이 꺼져라 한숨을 쉬었다.

탕탕탕탕!

찬영이는 현관문 두드리는 소리에 놀라 과자 봉지를 엎

었다. 3층 할머니였다.

"있는 거 알거든. 빨리 문 열어."

엄마는 입술에 손가락을 대고 쉿! 했다. 찬영이는 숨을 삼켰다. 하지만 3층 할머니는 순순히 물러나지 않았다. 엄마는 썩은 표정으로 문을 열며 금세 태도를 바꿨다.

"어머, 제가 샤워하느라 못 들었나 봐요."

"얼굴만 빼고 샤워했나 봐. 얼굴에 김치 국물 묻었어."

엄마는 할머니의 날카로운 눈썰미에 어색한 미소를 지었다.

"차 안 보이던데 팔았어?"

"아, 새 차를 신청했는데 쓰나미가 화물선을 덮쳐서 못 오고 있다네요, 미국에서."

찬영이는 엄마의 부자 흉내 거짓말에 혀를 내둘렀다.

3층 할머니는 의심의 눈초리로 엄마를 쳐다봤다. 엄마는 그럴수록 더더욱 뻔뻔한 표정을 지었다.

"주식으로 대박 났다고 온갖 자랑을 하더니 빌린 돈은 왜 안 갚아? 약속한 날짜 지났어."

"드려야죠. 지금 상한가라 돈을 빼기가 아까워서 그래요. 조금만 기다려 주세요, 할머니."

엄마가 달래도 할머니는 쉽게 넘어가지 않고 집으로 들어오려 했다. 집안 꼴을 보면 엄마의 거짓말이 금세 들통나기 때문에 엄마는 할머니를 힘껏 밀어내고 문을 닫았다.

"아휴, 힘도 세. 나이가 100살이 다 됐다던데 왜 이렇게 힘이 장사야?"

엄마는 고개를 절레절레 흔들었다.

"엄마, 우리 미국 차 타? 그거 거짓말이지?"

"당연하지. 미국 차는커녕 세발자전거 살 돈도 없어."

찬영이는 한숨을 쉬었다. 드론 살 돈은 물 건너간 셈이다.

"그런데 거짓말하면 어떡해?"

"그럼 차 팔고 전세금 빼서 산 주식이 휴지 조각 돼서 돈 못 갚는다고 말해? 올랐을 때 그냥 파는 건데. 에휴, 미치겠다. 별수 있어? 거짓말로 덮는 수밖에. 거짓말도 자꾸 하니까 늘어."

"그러다가 들키면?"

찬영이는 심각하게 물었다. 이건 당장 찬영이한테 닥친 문제이기도 했다. 거짓말하다 들킬 위기가 오면 어떻게 해야 하는지 엄마에게 답을 얻고 싶었다.

"그땐…… 들키기 전에 도망을 가야겠지? 아휴, 그냥 펑! 하고 사라졌으면 좋겠네."

엄마도 찬영이와 같은 마음인 듯했다. 찬영이는 얼른 손가락에 붙여 놓은 스티커를 보여 주었다.

"엄마, 이거 봐. 이사도 해 주고 새 인생도 설계해 준대."

"아무도 모르게 이사하고 새로운 인생을 설계해 준다고? 야반……도주? 이름처럼 밤에 몰래 이사해 주나? 그건 맘에 든다. 근데 이런 걸 어떻게 믿어?"

엄마가 의심 반 호기심 반으로 스티커를 읽고 있을 때 아빠가 다리를 절며 집으로 뛰어 들어왔다.

"당신 왜 그래?"

엄마가 흙 묻은 아빠 바지를 보고 놀라 물었다. 아빠는 집 안의 불을 다 끄고 커튼을 쳤다.

딩동딩동. 탕탕탕탕!

초인종 소리와 문 두드리는 소리가 연신 들렸다. 찬영이 가족은 죽은 듯이 버텼다. 밖에서 씩씩대는 소리가 이내 사라졌다. 아빠는 가슴을 쓸어내리며 바닥에 주저앉았다.

"최 사장이 우리 망한 거 알았어. 소문 퍼지면 내일부터 빚쟁이들이 들이닥칠 거야. 그럼 우리 가족은 길바닥에 나

당신
왜 그래?
아빠, 바지가
왜…?

앉고 뿔뿔이 헤어지겠지? 잘해 보려고 한 건데 왜 이렇게 된 걸까? 여보, 나 무서워. 어떡해?”

울상이 된 아빠가 엄마에게 물었다. 아빠는 일이 터지면 항상 엄마에게 매달렸다. 이번에는 엄마도 대책이 없는지 주저앉아 절규했다.

“내가 그걸 어떻게 알아? 이번 생은 망했어. 망했다고! 다 엎고 다시 시작하고 싶다. 진짜!”

찬영이도 외치고 싶은 말이었다.

새 인생

"내일 새벽 1시에 출발한대."

아침 일찍 야반도주에 전화한 엄마는 여전히 수화기를 든 채 믿기지 않는다는 표정을 지었다.

"진짜 이사해 준대? 진짜?"

아빠도 미심쩍은지 계속 진짜냐고 물었다.

"진짜래. 진짜! 찬영아, 밖에 나가 봐. 택배 보냈대."

"방금 전화했는데?"

찬영이는 의심하며 집 밖으로 나갔다. 정말 문 옆에 야반도주에서 보낸 상자가 있었다. 새 인생을 설계해 주는 이사

업체가 진짜 있는 모양이었다. 신뢰감이 확 들었다.

찬영이 가족은 상자 속에서 각자의 이름이 적힌 설문지를 꺼냈다.

"설문지에 있는 질문에 답을 적으래."

"그럼 우리가 원하는 걸 다 해 준대?"

"그렇다니까. 이것만 작성하면 집이고 돈이고 다 준대. 통화하자마자 택배가 온 걸 보면 유통 구조가 확실한, 엄청나게 큰 회사 같지 않아?"

엄마가 들뜬 목소리로 말했다.

"아무 대가도 없이?"

아빠의 걱정은 끝이 없었다.

"왜 대가가 없어? 우리가 지금 가진 거랑 교환한다잖아."

엄마의 말에 찬영이는 집 안을 둘러봤다.

"우리가 가진 게 뭐가 있는데?"

스프링 나간 소파에 이 나간 그릇들. 냉장고는 덜덜덜 떨고, 벽지는 누렇게 바랬다. 멀쩡한 물건은 이미 중고 거래로 다 팔아서 남아 있는 건 고장 난 것들뿐이었다.

1년 전 엄마는 "인생은 한 방이야!"를 외치며 주식에 도전했다. 투자하는 족족 성공하자 심장이 콩알만 한 아빠까지 회사를 그만두고 주식에 뛰어들었다. 잇따른 성공에 엄마는 눈에 보이는 게 없었다. 당장 부자 동네로 이사할 것처럼 유난을 떨며 동네 사람들에게 자랑했다. 엄마 아빠의 욕심은 점점 많아졌고, 더 큰 한 방을 위해 급기야 돈까지 빌려 투자했다. 그러나 이번 주만 지나면 더 오를 거야, 오를 때 더 투자해야 해, 하다가 결국 다 잃고 말았다.

"뭐, 이것도 다 쓸모가 있나 보지. 몰라. 빨리 작성해. 오늘 새벽에 온다니까. 그리고 오늘은 학교 가지 마. 아프다고 학교에 전화할 테니까."

엄마는 일사천리로 상황을 정리했다. 엄마의 뻔뻔한 거짓말에 담임 선생님은 쉽게 넘어갔다.

찬영이는 속으로 쾌재를 불렀다. 진짜 오늘 이사하면 드론 문제도 해결되고, 엄마 아빠 문제도 해결된다. 막막했던 앞날이 뻥 뚫리고, 모든 게 다 잘될 것 같은 근거 없는 희망이 생겼다.

"이 지긋지긋한 동네를 벗어날 수 있다니, 정말 꿈만 같아. 야반도주 이름처럼 몰래 이사하는 것도 아주 맘에 들어. 내일 우리가 사라진 걸 알면 사람들이 깜짝 놀라겠지?"

엄마는 어깨를 들썩이며 좋아했다.

아이고~
내 돈~~
이봐~
마트 아줌마~
팔다수
누룽지도
놔두고 튀었네.

"까무리치겠지. 우리가 그 사람들에게 빌린 돈이 얼만데. 그걸 못 받잖아."

야반도주를 의심하던 아빠도 그새 맘이 바뀌어 신나 했다.

아빠와 손을 맞잡고 좋아하던 엄마가 갑자기 멈춰 섰다.

"마트 여자가 나한테 빌려준 돈, 부모님 여행 경비라고 했는데. 아유, 됐어. 나이 많아서 여행 가면 무릎 아파. 우리부터 살고 봐야지. 우리만 생각해, 우리만."

엄마는 죄책감을 살짝만 느끼고 바로 태도를 바꿨다.

'희준이가 CCTV 화면을 보고 놀라는 걸 직접 봐야 하는 네. 아까워라!'

찬영이도 맘속으로 웃었다.

"돈 갚으려고 공사장에서 일하느라 안 아픈 데가 없어."

아빠가 몸 여기저기를 짚으며 엄살을 떨었다.

"어머, 어디, 어디? 내가 안마해 줄게."

엄마는 호들갑을 떨며 아빠 다리를 주물렀다. 엄마 아빠는 돈을 잃어도 사이는 좋았다. 찬영이한테는 불행 중 다행이었다.

"맞아. 우리 몸이 망가질 정도로 일해도 돈 다 못 갚아.

지금 도망치는 게 우리가 살길이야."

엄마는 야반도주할 수밖에 없는 현실을 다시 한번 강조했다. 찬영이도 아빠도 엄마의 의견에 고개를 끄덕였다.

찬영이 가족은 모두 즐겁게 설문지를 작성했다.

설문지는 대부분 좋아하고 싫어하는 것에 관해 물었다. 음식, 과일, 책, 날씨 등등 매우 구체적이었다. 특히 친한 친구와 학교생활, 이웃들과 곧 떠날 이 동네에 관해 아주 세세하게 질문했다.

찬영이는 이웃 사람들이 좋았다. 마트 아줌마는 볼 때마다 사탕을 쥐여 주고, 3층 할머니는 친절하진 않아도 인사를 받아 줬다.

친한 친구는 10년 넘게 한동네에서 자란 소명이뿐이다. 베프 사이에 비밀 하나쯤은 있어야 해서 아끼는 물건을 비밀 장소에 묻기도 했다. 찬영이는 뽑기 기계에서 얻은 구슬, 괴물 모양 딱지, 좋아하는 게임 캐릭터 열쇠고리를 넣고 소명이도 소중한 물건을 보물 상자에 넣었다.

찬영이와 소명이는 보물 상자를 학교 비밀 화원에 묻었다. 비밀 화원은 식물을 키우는 학습장이었다. 벌레가 들끓고, 아이들이 풀독에 올라 외면당해 지금은 잡초만 무성한,

그래서 더 비밀스러운 곳이 됐다. 으스스한 비밀 화원이라 보물 상자를 묻기엔 딱이었다.

지금 보물 상자에는 희준이의 드론 리모컨이 들어 있다.

그날 찬영이는 리모컨이 주머니에 있는 걸 깜빡하고 고장 난 드론만 사물함에 넣고 도망쳤다. 운동장에 나와서야 주머니에 있는 걸 알았지만, 다시 교실로 돌아갈 용기는 없었다. 쓰레기통을 찾아도 눈에 띄지 않았다. 우물쭈물하다 당장이라도 누군가에게 들킬 것 같았다. 불안했던 찬영이는 보물 상자에 리모컨을 넣고 소명이도 모르는 곳에 다시 묻었다.

찬영이는 보물 상자를 묻으며 완전 범죄를 꿈꿨는데 그 꿈을 야반도주가 이뤄 주었다. 간절히 바라면 이루어진다는 말은 진짜였다. 소명이한테 아무 말도 없이 떠나는 게 맘에 걸렸지만, 떨쳐 내기로 했다. 자신을 의심한 소명이가 내내 괘씸해서였다.

설문지는 갖고 싶은 게 뭔지도 물었다. 찬영이는 이 부분을 쓸 때 제일 고민스러웠다.

"엄마, 엄마는 뭐 가지고 싶다고 할 거야?"

"다 필요 없고 돈만 있으면 돼. 돈이면 그림 같은 이층집에 예쁜 정원, 외제 차도 살 수 있어. 내가 꿈꾸는, 아무것도 안 하고 놀고먹는 삶을 살 수 있다고. 정말 멋질 것 같지 않아?"

엄마는 꿈을 꾸듯 말했다.

"진짜 그렇게 살면 좋겠다."

아빠도 엄마와 꿈이 같았다.

찬영이도 갖고 싶은 게 구체적으로 생각났다.

2층 방과 최신식 게임용 컴퓨터, 차고 넘치는 용돈. 그 외에도 갖고 싶은 게 많지만, 엄마 말대로 대부분 돈만 있으면 해결되는 거였다. 생각만 해도 엉덩이가 들썩였다. 엄마가 외치던 '한 방'이 바로 이거였다.

새벽 1시가 가까워졌다.

"정확히 노크를 다섯 번 한다고 했어."

엄마가 시계를 주시하며 말했다. 찬영이와 아빠는 현관문을 노려봤다.

똑또똑똑똑.

찬영이 가족은 약속이나 한 듯 동시에 몸을 부르르 떨며 일어났다.

"최 사장이면 어떡하지?"

겁먹은 이빠는 현관문에 귀를 바짝 댔나.

"1시에 노크 다섯 번. 야반도주가 맞아."

엄마는 현관문 손잡이를 잡았다.

"그러니까, 아니면 어떡하냐고."

아빠는 답도 없는 질문을 계속했다.

"내가 뭘 어떻게 해? 걱정만 하다 날 샐래? 비켜."

엄마는 우유부단한 아빠를 밀치고 현관문을 열었다.

문이 열리고 검은 물체가 미끄러지듯 집으로 들어왔다.

검은 양복을 입은 두 사람이 가족 앞에 섰다. 창백한 얼굴에 검은 입술, 짙은 눈 화장. 남자인지 여자인지, 나이가 많은지 적은지 구분 안 되는 묘한 생김새였다.

엄마 맞은편에 서 있는 키가 큰 사람이 허리를 굽혀 정중히 인사했다.

"만나 뵙게 되어 영광입니다."

키가 작은 사람도 허리를 굽혀 인사했다. 찬영이 가족도 90도로 인사했다.

"이사 전문 업체 야반도주를 이용해 주셔서 감사합니다. 여러분의 인생 설계를 맡은 야반도주 3팀 설계사 팀장입니다."

만나 뵙게 되어 영광입니다~!
넙죽~

키 큰 사람이 명함을 건넸다. 이름이 적혀 있지 않은 금테 두른 명함이었다. 팀장의 예의 바른 행동에 찬영이 가족은 안심했다.

"그럼 이쪽은?"

엄마가 키 작은 사람을 가리켰다.

"팀원입니다. 3팀의 팀원, 이라고 부르시면 됩니다."

팀장이 대신 말했다.

가족은 동시에 고개를 끄덕였다. 이름을 말할 생각이 없어 보여 더는 캐묻지 않았다.

"자, 그럼! 떠날 준비가 되셨습니까?"

팀장이 손을 뻗으며 물었다. 엄마, 아빠, 찬영이는 홀린 듯 동시에 팀장의 손을 잡았다.

야반도주

"떠나기 전에, 설문지부터."

팀장은 가족의 손을 뿌리치고, 다시 손을 내밀었다.

민망한 엄마가 설문지를 재빨리 건넸다. 팀장은 설문지를 한 장 한 장 꼼꼼하게 읽었다.

"무슨 문제라도 있을까요?"

엄마는 꼬투리 잡힐 게 있을까 봐 초조한 얼굴로 물었다.

팀장은 미소를 살짝 지었다.

"아닙니다. 자, 그럼 다음 단계."

야반도주 팀원이 찬영이 가족에게 종이를 나눠 줬다.

"이게 뭔가요?"

아빠가 팀장 눈치를 보며 물었다.

"계약서입니다. 새 인생을 설계하는 일은 매우 신중해야 하기에 몇 가지 규칙이 필요합니다. 이해하시죠?"

"그럼요, 그럼요."

엄마가 얼른 답했다. 계약서에는 깨알 같은 글씨가 가득 했다.

"이걸 다 읽어야 하나요?"

아빠는 잘 안 보이는지 계약서를 얼굴에 댔다 뗐다 했다.

"다 읽고 사인하면 좋지요."

팀장의 미소는 사진을 찍은 것처럼 흔들림이 없었다.

엄마 아빠는 계약서를 찬찬히 읽었다. 찬영이도 읽으려고 애썼지만, 내용이 너무 많았다.

"어휴, 속 터져. 이걸 언제 다 읽어? 당신은 뭔 소리인지 알겠어?"

성질 급한 엄마는 계약서 읽는 걸 포기했다. 아빠도 고개를 저었다.

"대충 무슨 내용이에요?"

엄마는 팀장이 계약서 내용을 간추려 주기를 바랐다.

"여러분이 야반도주를 한 뒤에 지켜야 할 몇 가지 규칙이 적혀 있습니다. 규칙만 지키시면 우리 회사, 야반도주는 여러분이 원하는 모든 걸 해 드릴 겁니다."

"만약 규칙을 어기면요?"

아빠가 조심스럽게 물었다.

"감점을 받습니다."

팀장은 대수롭지 않게 말했다.

"감점이요? 감점이 되면 어떻게 되는데요?"

엄마가 눈을 동그랗게 뜨고 물었다.

"점수가 깎일 때마다 야반도주가 드린 혜택을 뺏깁니다. 돈을 포함한 의식주 모두 말이죠. 그것도 계약서에 자세히 적혀 있습니다. 하지만 규칙을 지키면 아무 일도 일어나지 않습니다. 혹시 설문지에 거짓을 적으셨나요?"

"아니요! 한 치의 거짓도 없음을 맹세합니다. 찬영이도, 당신도 맹세할 수 있지?"

엄마는 눈을 부라리며 대답을 강요했다. 찬영이와 아빠는 고개를 크게 끄덕였다.

"규칙은 아주 기본적이고 상식적인 수준입니다. 저희 지시만 따르면 감점받을 일이 없지요."

규칙은 세 가지입니다.
규칙을 지키면 모든 걸 얻는다. 규칙을
어기면 모든 걸 잃는다. 규칙을 지키면
아무 일이 없다!

"지시에 따라야죠, 당연히."

엄마는 과한 몸짓과 목소리로 답했다. 이번에도 찬영이와 아빠는 고개를 크게 끄덕였다.

"좋습니다. 그럼 모두 사인하시겠습니까?"

팀장의 온화한 미소에 맘이 놓인 가족은 계약서에 사인했다.

"자, 그럼 집을 둘러보겠습니다. 말씀드린 대로 아무것도 가져갈 수 없습니다. 있는 그대로 두고 가셔야 합니다. 여러분이 가지고 있는 모든 것을 주셔야 합니다."

"그럼요. 청소도 하지 말라고 해서 지저분한 그대로 뒀어요. 사실 살림살이가 다 거지 같아서 가져갈 것도 없어요."

엄마는 거지 같다는 말을 시원스럽게 내뱉었다.

팀장과 팀원은 집 안을 둘러봤다. 엄마는 흠이라도 잡힐까 봐 팀장을 졸졸 쫓아다녔다.

집 안을 둘러보던 팀장이 찬영이에게 다가와 눈을 맞췄다. 찬영이는 팀장 눈빛이 무서워 아빠 뒤에 숨었다.

"주머니에 있는 건 뭡니까?"

찬영이는 놀라 눈만 깜빡였다. 팀장이 주머니 속에 뭐가 있는지 아는 게 신기했다.

"아무것도 가져갈 수 없다고 했습니다."

팀장의 기세에 눌린 찬영이는 주머니에서 열쇠고리를 꺼냈다. 엄마가 득달같이 달려와 찬영이 등짝을 때렸다.

"이런 건 언제 챙겼어? 뭘 챙긴 거야? 에이, 별것도 아니네. 그쵸?"

엄마가 팀장을 향해 어색하게 웃어 보였다.

"그건 우리가 판단하죠. 물건들은 모두 제자리에 있어야 합니다. 이건 어디에 있었나요?"

팀장이 열쇠고리를 들어 보였다. 보물 상자에 있던 게임 캐릭터가 달린 열쇠고리였다. 드론 사건이 잠잠해질 때까지 상자를 찾을 수 없어 리모컨을 숨길 때 꺼내 왔다.

"그건 우리 집에 있었던 게 아니라 누가 버린 걸 주운 건데요."

찬영이는 입술을 삐죽였다. 피시방 쓰레기통에 있었는데 좋아하는 캐릭터라 주운 거였다.

"왜 그런 걸 주워 와. 그냥 두고 갈게요. 우린 진짜 여기 있는 물건에 미련이 하나도 없어요."

엄마는 야반도주 팀장이 기분 상할까 봐 안절부절못했다.

팀장이 찬영이 얼굴에 자기 얼굴을 바짝 들이댔다.

"남이 버린 물건은 가져도 된다고 생각하는군요."

"시, 싫, 싫다고 버린 건 누가 갖든 상관없잖아요."

찬영이는 마른 입술에 침을 연신 발랐다.

"맞아요. 상관없지요. 가져가도 좋습니다. 주운 거면 원래 있던 자리도 없었을 테니까요."

팀장이 흔쾌히 열쇠고리를 허락하자 엄마가 안도의 한숨을 쉬었다.

팀장과 팀원은 다시 집 안을 둘러봤다.

찬영이 가족은 좁은 소파에 앉아 그들을 지켜봤다.

주방 그릇 수를 세던 팀원이 누룽지를 몰래 입에 넣다가 찬영이와 눈이 마주쳤다. 찬영이는 얼른 시선을 피했다.

찬영이 가족은 마지막으로 입고 있던 옷을 벗고 야반도주 팀이 준 옷으로 갈아입었다.

"자, 여러분은 앞으로 이곳에 다시는 올 수 없습니다. 마음의 준비가 되셨습니까? 떠날 준비가 되셨습니까?"

팀장이 떠날 의지를 다시 한번 물었다. 찬영이 가족은 고개를 끄덕였다.

"자, 그럼 모두 조용히 따라오세요."

찬영이 가족과 야반도주 팀은 집을 나섰다.

컴컴한 골목을 내려가는데 2층에 사는 아저씨가 술에 취하면 부르는 노래가 들렸다. 역시나 2층 아저씨가 골목 끝에서 올라오고 있었다.

야반도주 팀과 찬영이 가족은 어두운 담벼락 밑에 숨었다. 휘청이며 걷던 2층 아저씨가 주위를 둘러보더니 몸을 부르르 떨었다.

"아, 오줌보 터지겠다."

아저씨가 갑자기 벽을 보고 바지춤을 만졌다. 아저씨 앞에 있는 찬영이는 아저씨가 오줌을 싸면 피해야 하나 말아야 하나 고민했다. 다행히 아저씨는 지퍼를 못 열고 버벅거리다 빌라로 들어갔다.

참았던 숨을 터뜨린 가족은 다시 야반도주 팀 뒤를 따라갔다. 골목을 빠져나오자 커다랗고 시커먼 트럭이 보였다.

덜컥 겁이 난 찬영이가 엄마 아빠 손을 잡았다. 엄마 아빠도 찬영이가 잡은 손에 힘을 주었다.

드디어 트럭 짐칸이 열렸다.

즐거운 우리 집

찬영이 가족은 방처럼 꾸며진 짐칸에 올라탔다. 셋은 소파에 꾸깃꾸깃 끼여 앉았다.

세상 모든 게 걱정인 아빠가 먼저 입을 뗐다.

"얼마나 갈까? 어디로 갈까?"

"몰라, 여기 먹을 거 많다. 먹으면서 가자."

엄마가 탁자에 있는 바나나를 한 입 베어 물었다.

"여보, 나 걱정돼. 찬영이 너도 그렇지?"

아빠의 물음에 찬영이도 고개를 크게 끄덕였다.

"아휴, 진짜. 다른 방법 있어? 솔직히 월세가 석 달이나 밀려서 쫓겨나기 일보 직전이었어. 그냥 좋은 것만 생각해. 이제 두 발 뻗고 잘 수 있잖아."

엄마는 침대 위를 뒹굴며 기쁨을 만끽했다.

엄마 말이 맞았다. 이제 맘 졸일 일은 사라졌다. 그것만으로도 다행이었다. 찬영이도 아빠도 엄마를 따라 침대 위로 몸을 날렸다. 침대가 푹신푹신해서 맘에 들었다. 셋은 서로 팔베개를 하고 누웠다.

"엄마, 엄마."

"왜? 왜? 아들."

엄마가 팔을 튕기며 장난스럽게 말했다.

"설문지에 적은 걸 다 줄까?"

"당연하지. 일자리도 주고 돈도 주고 집도 준다잖아."

"근데…… 정말 우리한테 그런 걸 해 줄까? 해 줄 이유가 전혀 없잖아."

아빠가 엄마와 찬영이의 흥을 깼다. 엄마는 일어나 앉아 팔짱을 꼈다.

"이봐요, 걱정 인형 씨. 그냥 야반도주를 사회봉사 기업이라고 생각하자. 우리같이 벼랑 끝에 있는 가족을 방치하면 위험하니까 도와주는 단체 말이야. 그리고 솔직히 우리를 데려가서 뭘 어쩌겠어. 최악의 경우, 일이나 시키겠지. 사실 어디 가서 일 시키고 돈만 주면 난 그걸로도 땡큐야. 최소한 빚은 안 갚아도 되잖아. 완전 새로운 곳에서 새롭게 시작하는 것만으로 충분하다고. 다들 그렇게 생각하지 않아? 걱정 마. 우린 아주 멋진 삶을 살 거야. 우리 앞에 새로운 세상이 펼쳐질 거라고."

엄마는 희망에 부풀어 있었다.

"당신만 좋으면 나도 좋아."

아빠가 소리쳤다. 아빠의 기분은 언제나 엄마 기분에 따라 움직였다.

"나도."

찬영이도 걱정을 떨쳐 내기로 했다.

한숨 자고 일어나자 트럭이 멈췄다. 찬영이 가족은 초조하게 짐칸 문을 쳐다봤다. 문이 천천히 열렸다. 가족은 서로 손을 잡고 깊이 숨을 들이마셨다. 낯선 공기 냄새가 났다. 전에 살던 골목에서 났던 반찬 냄새와 쿰쿰한 냄새가 아닌, 신선하고 상쾌한 냄새였다.

문이 열리자 낯선 풍경이 찬영이 가족 앞에 펼쳐졌다. 2층 벽돌집과 예쁜 정원. 엄마가 원하던, 영화에서 본 적 있는 그림 같은 집이었다.

"여기가 우리 집이에요?"

찬영이는 가슴이 벅차올랐다.

"오늘부터 여러분의 집입니다."

팀장 말이 마치 하늘에서 들리는 소리 같았다. 엄마, 아빠, 찬영이는 서로 얼굴을 꼬집으며 깔깔댔다. 꿈이 현실이 되는 순간이었다.

찬영이 가족은 감격하며 집 안으로 들어갔다. 안락한 실내와 따뜻한 조명. 딱 봐도 고급스러운 가구들이 가족을 맞이했다.

엄마는 감동해 두 손을 부여잡았고, 아빠는 당장이라도 울 것 같았다. 찬영이는 거실 소파에 앉았다. 가죽이 부드러워 마치 구름 위에 앉은 것 같았다.

엄마는 주방으로 달려갔다. 예쁜 그릇이 줄 맞춰 정리되어 있고, 냉장고엔 비싼 음식 재료들이 가득했다. 엄마는 두 손을 맞잡고 제자리에서 빙글빙글 돌았다.

"꿈에 그리던 집이야. 아니, 꿈보다 낫다."

찬영이는 계단을 뛰어 올라갔다. 2층 전부가 찬영이 방이었다.

오늘부터 여기가
여러분의 집입니다.
아아, 깔깔깔.
아야,
낄낄낄~

정원이 보이는 창문과 햇살을 받으며 일어날 수 있는 침대, 널찍한 책상과 컴퓨터, 그리고 좋아하는 축구팀 유니폼까지……. 진짜 설문지에 적었던, 원하는 모든 게 갖춰져 있었다.

"어떻게 이럴 수가 있지? 정말 다 있잖아?"

찬영이는 유니폼을 입고 감탄했다. 트럭을 타고 오는 내내 품었던 의심이 사르르 녹아 버렸다.

2층으로 올라온 엄마 아빠도 감탄했다.

"가끔 올라와도 돼."

찬영이는 2층이 자신의 영역이라고 확실하게 알리며 거드름을 피웠다.

그날 밤, 찬영이 가족은 각자의 방에서 행복하게 잠들었다.

햇살이 찬영이 방에 들이쳤다. 몸속까지 따뜻해지는 느낌이었다.

방 안을 다시 둘러봐도 신기했다. 이런 방이 내 방이라니. 믿기지 않았다. 소명이가 보면 놀라 입을 다물지 못했을 거다. 유니폼을 보면 얼마나 부러워할지 안 봐도 알 것 같았다. 소명이를 생각하자 들떴던 기분이 착 가라앉았다. 이제야 소명이를 못 만난다는 사실이 피부에 확 와닿았다. 한껏 부풀었던 풍선에 바람이 빠졌다.

'새 친구가 생기면 소명이는 금방 잊을 거야.'

찬영이는 소명이를 생각에서 밀어내고 1층으로 후다닥 내려갔다.

엄마는 커피를 뽑고 있었다. 한 번도 본 적 없는 여유로운 모습이었다.

"엄마, 나 학교 언제 가?"

"학교? 글쎄. 가긴 가야겠지?"

엄마는 모르겠다는 표정을 지으며 막 일어난 아빠에게 커피잔을, 찬영이에게는 우유를 건넸다.

"내가 예전부터 하고 싶었던 게 뭔 줄 알아? 바로 우리 집 정원에서 우아하게 커피를 마시는 거야."

엄마는 꽃과 나무가 있는 정원으로 나갔다. 찬영이와 아빠도 따라 나가 맑은 공기를 들이마셨다. 셋은 벤치에 늘어지게 앉아 앞이 뻥 뚫린 전경과 하늘을 감상했다.

"아무 생각 하지 않아도 되는 이 여유로움."

"걱정 근심이 하나도 없어."

"맞아. 숙제 걱정 안 해도 되고, 친구 걱정 안 해도 되고, 진짜 아무 생각 안 해도 돼서 정말 좋아."

엄마, 아빠, 찬영이는 지금 기분에 대해 한마디씩 하며 한가로움을 즐겼다.

우유 한 잔을 다 마신 찬영이는 주변을 둘러봤다. 이층집의 지붕은 초록색이고, 정원엔 하얀 돌길과 잔디가 깔려 있었다. 집 앞 도로 건너 맞은편 집도 찬영이 집과 똑같은 초록색 지붕 이층집이었다. 옆집도 초록색 지붕 이층집이고, 옆집의 앞집도 초록색 지붕 이층집이었다. 찬영이는 정원을 나와 사방을 둘러봤다. 어느 쪽을 보든 똑같이 생긴 집이 끝도 없이 펼쳐져 있었다.

들쑥날쑥 제멋대로 생긴 빌라촌 동네보다 깨끗하고 세련됐지만, 조용해도 너무 조용해 공기마저 멈춘 듯했다.

"엄마, 뭔가 이상해."

찬영이가 정원으로 돌아와 엄마 목을 감쌌다.

"조용하고 좋은데 뭐. 안…… 그래, 여보?"

엄마도 이상한 기분이 드는지 찬영이 팔을 안았다.

"집들이 다 모델 하우스 같아. 아무도 안 사는. 그치?"

아빠는 몸을 움츠리고 주변을 두리번거렸다.

우유와 커피를 다 마실 때까지 지나가는 사람은 한 명도 없었다. 자동차도 마찬가지였다. 사소한 소음조차 들리지 않았다.

이 세상에 찬영이 가족만 덩그러니 남은 것 같았다.

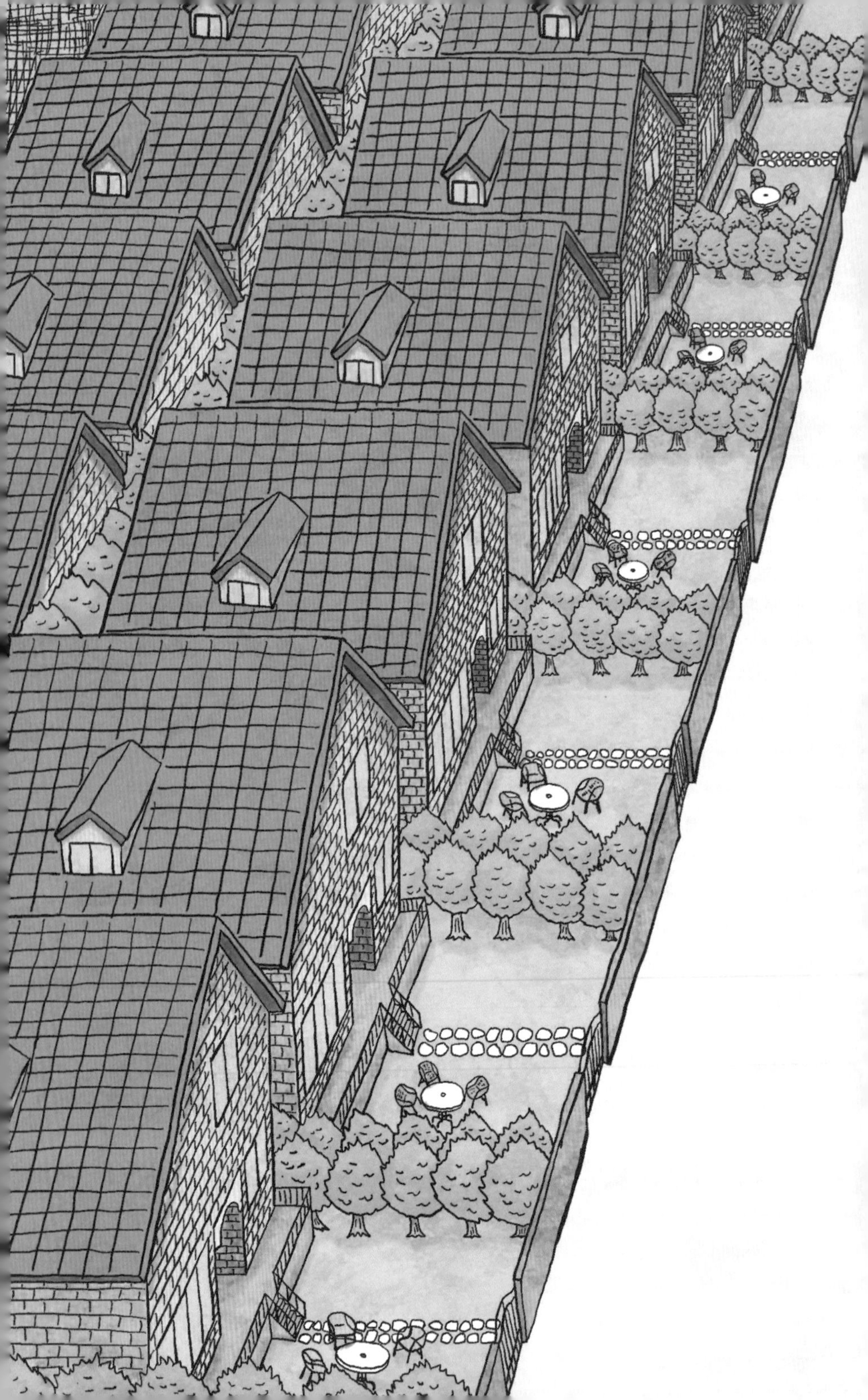

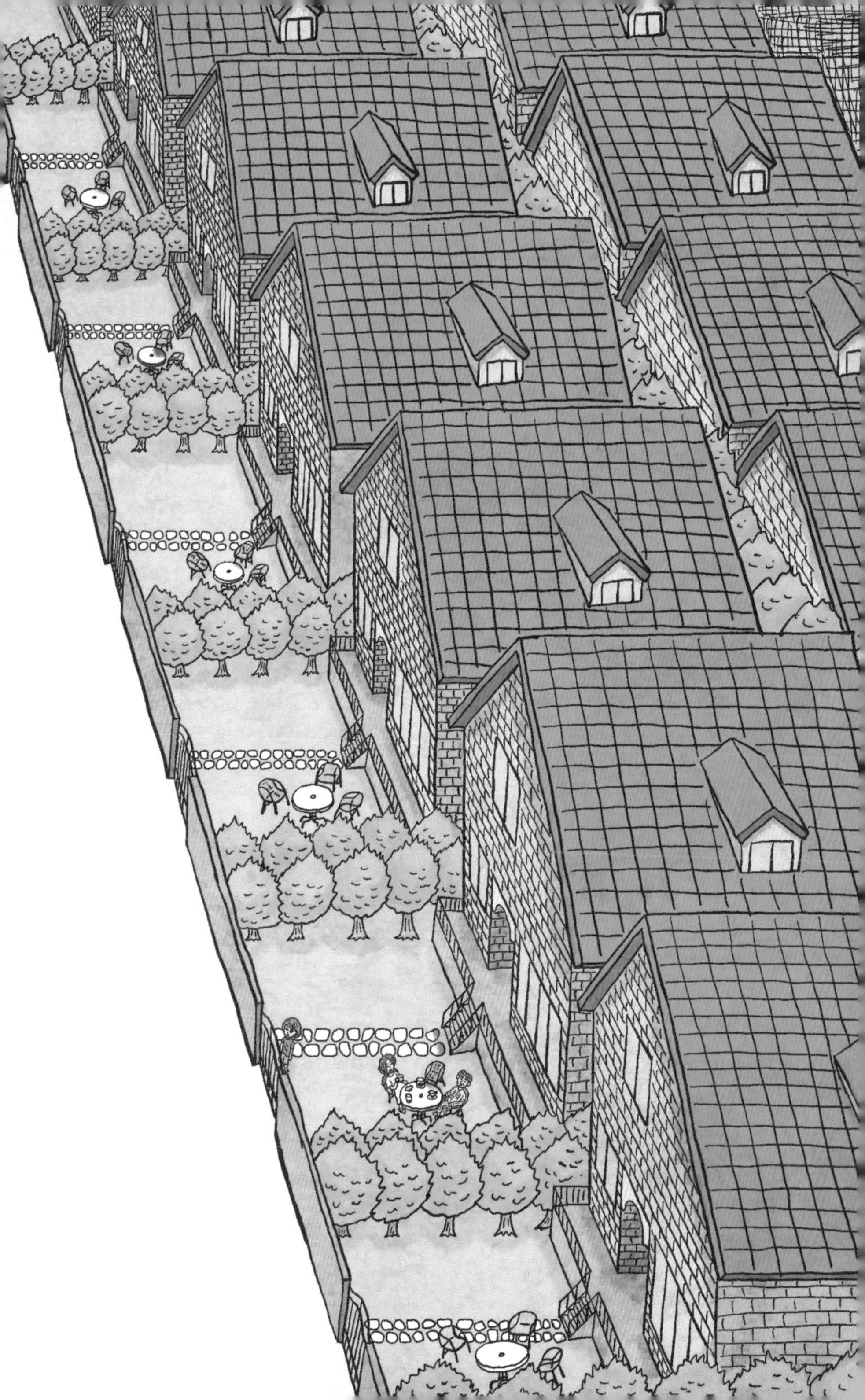

직장

"깜짝이야!"

엄마는 정원에 서 있는 야반도주 팀장을 보고 소스라치게 놀랐다. 찬영이도 인기척 없이 서 있는 팀장을 보고 소름이 돋았다.

"이제 일할 시간입니다."

팀장의 말에 엄마는 아직 남은 커피를 바라보며 아쉬워했다.

"무슨 일을 하나요? 힘든 일인가요? 제가 다리도 안 좋고 허리도 아파서 힘든 건 못 하거든요."

아빠는 일하기도 전에 엄살을 피웠다.

계약서에는 하루에 세 시간 일하면 원하는 보수를 준다고 적혀 있었다. 엄마는 아주 높은 금액을 썼고, 아빠는 소심하게 시간당으로 계산해 적었다.

"찬영이도 일을 하나요? 찬영이는 학교 가야 하는데."

찬영이 계약서에도 일과 보수가 적혀 있었지만, 엄마는 찬영이도 일을 할 거라고 생각하지 않았다.

팀장은 고개를 갸웃하더니 어이없다는 표정을 지었다.

"지금 뭐라고 하셨나요? 학교요?"

엄마는 순진한 얼굴로 고개를 끄덕였다.

팀장은 목소리를 가다듬고 말을 시작했다.

"제 얘기를 잘 들으세요. 여러분은 전에 살던 삶을 모두 버리고 야반도주하면서 신분도 포기하신 겁니다. 이제부터 신분증이 필요한 모든 일을 할 수 없습니다. 학교는 물론 통장도, 자동차도 포함됩니다. 여러분이 지켜야 할 제일 중요한 규칙은 여러분의 신분을 외부인에게 들키지 않는 겁니다. 야반도주한 일도 들키면 안 되고요. 만약 여러분이 신분증을 사용하다가 신분이 들통나 규칙을 어기면 어떻게 될까요?"

"감점인가요?"

엄마는 바짝 긴장해 물었다.

"지금 누리고 있는 모든 걸 뺏기고 빈털터리가 됩니다. 그리고 일은 동등하게 세 분 다 합니다."

팀장의 단호함에 찬영이 가족은 토도 달지 못하고 침만 꿀꺽 삼켰다.

"준비하고 나오세요. 기다리겠습니다."

팀장의 말에 가족은 집 안으로 뛰어 들어갔다.

"너, 얼마 적었어?"

엄마가 찬영이가 적은 액수를 물었다.

"엄마랑 똑같이 적었어."

"아주 잘했어. 요즘 대학 나와 취직해도 그만한 돈은 못 벌어. 학교 나와 뭐 해. 돈만 벌면 되지."

"진짜 줄까?"

아빠의 질문에 엄마는 잠시 주춤했지만 이내 걱정을 떨쳐 냈다.

"이 집을 봐. 거짓말이겠어? 빨리 준비해."

엄마가 아빠와 찬영이를 재촉했다.

찬영이도 계약서에 적은 금액이 맘에 들었다. 어른들은

맨날 좋은 대학에 가야 좋은 직장을 간다고 했다. 하지만 공부 못하는 찬영이가 좋은 대학에 갈 방법은 없었다. 이제 학교에 안 가도 세상 사람 모두가 원하는, 조금 일하고 많이 버는 직장을 열두 살에 갖게 됐다. 그럼 된 거다.

엄마 아빠는 제일 맘에 드는 옷을 골라 입고, 머리 손질을 했다.

"사람의 첫인상이 얼마나 중요한지 알아? 직장 사람들한테 잘 보여서 나쁠 거 없잖아. 우리도 이렇게 꾸며 놓으니까 근사하다."

들뜬 엄마는 거울에서 눈을 떼지 못했다.

"자기는 사장님, 나는 커피숍 사장, 우리 아들은 유학생 같다. 역시 뭘 걸치느냐가 중요해."

엄마는 찬영이의 앞머리를 멋지게 말아 올리며 온몸으로 리듬을 탔다.

한껏 꾸민 가족은 팀장을 따라 뒤뜰로 갔다.

"우리를 직장에 데려갈 차가 뒤에 주차되어 있나 봐."

뒤뜰이 있는 줄 몰랐던 아빠는 두리번거리며 걸었다.

"이렇게 멋지게 차려입었는데 드라이브나 좀 하면 좋겠다."

엄마는 옷매무새가 흐트러질까 봐 신경 쓰며 걸었다.

뒤뜰로 간 가족은 어리둥절한 표정을 지었다. 뒤뜰에는 작은 창고만 덩그러니 서 있었다.

"아무것도 없네요."

엄마는 자신이 발견하지 못한 게 있나 싶어 연신 두리번거렸다.

"아무것도 없긴요. 여기엔 여러분의 직장으로 가는 입구가 있습니다."

팀장이 창고 앞을 가리켰다. 나무로 만든 창고는 사람 한 명도 들어갈 수 없을 만큼 작았다.

"따라오시죠."

팀장이 창고 문을 열었다. 창고 안엔 땅속으로 이어지는 계단이 있었다. 계단 끝이 캄캄해 어디까지 내려가야 하는지 짐작할 수도 없었다. 아빠와 찬영이는 뒷걸음질 쳤고,

엄마는 어색하게 웃으며 창고 문을 꽉 잡았다.

"계단 한번 진짜 깊네요. 내려가도 되나 몰라. 하하하."

"그건 선택입니다. 단, 안 가시면 점수가 깎입니다."

팀장의 말에 엄마는 고개를 홱 돌렸다.

"그건 절대 안 돼. 내려가자."

아빠와 찬영이는 별수 없이 고개를 끄덕였다.

찬영이 가족은 서로 손을 꼭 잡고 계단을 하나씩 내려갔다. 계단은 좁고 가파르고 어두웠다. 찬영이 다리로는 한 칸 내려가기도 버거웠다. 거친 벽에 옷이 쓸렸다. 엄마도 옷이 쓸리는지 계속 "어떡해!"를 연발했다.

드디어 찬영이 가족이 계단 끝 문 앞에 도착했다. 팀장이 문을 열자 자그마한 좁은 방이 나왔다.

방에는 탁자와 의자 세 개, 상자 세 개가 전부였다. 엄마, 아빠,

친영이는 쭈뼛거리며 의자에 앉았다. 마치 어디에 앉을지 알고 있었다는 듯 찬영이 앞 상자엔 찬영이 이름이 적혀 있었다.

"지금부터 상자 속 물건을 치대시면 됩니다. 정성을 다해 주세요."

말을 마친 팀장은 문을 닫고 가 버렸다.

철컥.

아빠가 문고리를 잡고 돌렸지만, 문고리는 헛돌았다.

"문이 잠겼어."

"진짜?"

엄마도 문고리를 잡고 돌렸다.

"진짜네. 뭘 이렇게까지 해. 무섭게."

"엄마, 이거 이상해."

찬영이는 상자 속 물건을 보고 기겁했다.

"어머, 그게 뭐야?"

엄마도 아빠도 각자의 상자를 열자 밀가루 반죽 덩어리 같은 게 보였다. 엄마가 덩어리를 손가락으로 쿡 찔렀다.

"어때?"

겁에 질린 찬영이가 물었다.

"글쎄, 빡빡한 거 같아. 말캉하진 않네. 촉감도 별로야."

엄마가 인상을 구겼다.

"이걸 세 시간 동안 반죽하라는 거야?"

아빠는 내키지 않는지 입술 양 끝이 축 처졌다.

세 사람은 자신들의 덩어리와 눈싸움을 했다. 선뜻 손이 가지 않았다.

"헉! 봤어? 봤어?"

찬영이가 벌떡 일어나 구석으로 도망쳤다.

"왜? 왜?"

겁쟁이 아빠도 찬영이에게 달려갔다.

"덩어리가 움직였어. 저거, 저거, 살아 있나 봐."

"뭐?"

찬영이의 말에 엄마도 펄쩍 뛰어 의자 위로 올라갔다.

각자에게 나눠진 덩어리들이 조금씩 꿈틀거렸다.

"세상에, 진짜네. 꿈틀거려."

엄마도 아빠와 찬영이한테 달려가 부둥켜안았다.

덩어리는 상자 밖을 나오거나 괴물로 변하진 않았다. 그냥 꿈틀거릴 뿐이었다. 만지고 싶지 않지만 만져야 했다. 만지지 않으면 일을 안 한 거나 마찬가지였다. 가족은 주어진 운명에 절망하며 각자의 자리로 돌아섰다.

엄마가 먼저 손을 뻗어 덩어리를 상자에서 꺼냈다.

"웩! 차갑고 축축해."

엄마는 몸을 움츠리며 덩어리를 치댔다. 찬영이와 아빠도 엄마를 따라 자기 몫의 덩어리를 치댔다.

덩어리를 치댈 때마다 뭔가가 손끝을 잡는 느낌이 들었다.

"엄마, 얘가 내 손가락을 잡는 것 같아."

찬영이는 몸서리를 쳤다.

"이겨 내. 세상에 공짜는 없어!"

엄마는 아예 눈을 감고 덩어리를 치댔다. 아빠는 울기 직전이었다.

찬영이는 몇 번의 소름을 이겨 내며 덩어리를 치댔다. 시간이 지날수록 낯선 덩어리의 감촉이 익숙해졌다. 아무리 치대도 모양이 처음이랑 달라지진 않았지만, 촉감은 부드러워졌다. 온기도 조금 생긴 것 같았다.

약속된 시간이 지나고 문이 열렸다.

찬영이 가족은 덩어리를 상자에 내던지고 앞다퉈 계단을 뛰어 올라갔다.

으아아앙~
여보~.
뚝 그치고
하라고!
윽~ 얘가
내 손가락 자꾸
잡아~.
이겨 내라고~
좀!

놀고먹기

잔영이 가족은 뒤뜰로 올라와 숨을 헐떡였다.

"팔에 구멍 났어."

찬영이가 팔을 들어 보였다. 아빠 양복도, 엄마 원피스도 전부 해져 있었다. 오늘 처음 입은 옷처럼 보이지 않았다. 첫 출근을 기대하며 치장한 옷차림은 엉망이 되고 말았다.

"우리끼리 가서, 우리끼리 있다가, 우리끼리 돌아오는 거였으면 이렇게 안 차려입었지."

엄마는 억울해했다. 거지꼴이 된 세 사람은 터덜터덜 집으로 돌아왔다.

팀장이 거실에서 기다리고 있었다.

"축하드립니다. 오늘의 보수입니다."

탁자 위엔 현금이 수북하게 쌓여 있었다.

"어머! 돈이다."

엄마는 돈을 품에 안았고, 아빠는 공중에 던져 비처럼 뿌렸다. 찬영이도 신이 나 돈을 밟으며 뛰었다.

"이제 우린 부자야!"

엄마의 말에 찬영이도 아빠도 환호성을 질렀다.

"이제 해외여행도 가고, 동창회 가서 한턱 쏘고, 이참에 마트를 확 사 버릴까?"

엄마는 낄낄대며 좋아했다.

"멋진 차도 사고, 돈 없다고 무시하던 최 사장 다니는 골프장을 사 버릴까?"

아빠도 큭큭대며 좋아했다.

"난 희준이한테 드론 사 주고, 나는 더 좋은 드론을 사서 시합할 거야. 소명이랑 가고 싶었던 놀이동산도 갈 거야."

찬영이는 돈을 마구마구 던지며 놀이동산에서 노는 모습을 상상했다.

돈으로 못 하는 건 아무것도 없었다. 지금까지 못 했던 일들을 다 할 수 있다는 생각만으로도 행복했다. 하지만 찬영이 가족의 흥분은 오래가지 못했다.

“비행기 타려면 신분증 있어야 하잖아?”

“차도 그렇다고 했지. 깜빡했네.”

“학교도 못 간다고 했다.”

엄마, 아빠, 찬영이는 씁쓸하게 입맛을 다셨다.

“못 하는 게 생각보다 많네. 그럼 다른 거 하면 되지, 뭐. 돈이 있는데 뭐가 문제야!”

엄마가 분위기를 바꿨다. 아빠도 찬영이도 다시 돈을 뿌리며 좋아했다. 역시 돈이 최고였다.

“엄마, 배고파. 밥.”

갑자기 허기가 지고 팔다리에 힘이 빠졌다.

“외식할까? 그동안 못 사 먹은 비싼 거 사 먹자.”

“좋아, 좋아.”

모두 엄마의 의견에 찬성했지만, 누구도 먼저 자리에서 일어나지 않았다. 다 귀찮았다.

찬영이 가족은 외식하는 대신 대충 밥을 먹고 다음 날까지 잤다. 너무 피곤해서 아무도 중간에 일어나지 못했다.

다음 날, 집은 말끔히 치워져 있었다. 어질러진 부엌과

우아~ 부자다아~
풀짝
풀짝
생각보다
못하는 게 많네.
휘
잉~
다른 거
하면 되지….
배고파~.

거실, 방 모두 먼지 하나 머리카락 한 올 없이 깨끗했다. 벗은 옷을 옷장에 걸 필요도 없고, 책상을 정리하지 않아도 됐다.

집을 어질러 놓아도 언제 치웠는지 모르게 새집처럼 청소되어 있었다. 이 집에선 할 게 아무것도 없었다. 그저 먹고 놀고 자면 그만이었다. 미래를 걱정하지 않아도 되고, 불안해할 일도 없었다. 모든 게 만족스러웠다.

찬영이 가족은 매일 지하에서 세 시간씩 일했다. 비좁은 곳에서 같은 일을 반복하다 보니 늘 정신이 멍했다. 겨우 세 시간인데도 갔다 오면 녹초가 됐고, 배도 너무 고팠다. 배부르게 먹으면 잠이 쏟아졌고, 자면 다음 날 일어나 다시 지하로 내려갔다가 지쳐 돌아왔다. 만사가 귀찮아 잠옷 차림으로 가거나 며칠 동안 입던 옷을 그대로 입고 가기도 했다. 옷장에 있는 멋진 옷들을 입을 일은 없었다. 한 달쯤 지나자 이런 생활도 적응이 됐다.

똑같은 생활이 반복되면서 찬영이 가족은 아무것도 생각하지 않았다. 반찬은 어떤 맛인지, 오늘은 어떤 기분인지조차 생각하지 않았다. 아니, 생각하지 못했다. 그냥 매일 조금씩 머리가 비어 가는 느낌이었다.

"지루해."

소파에 누워 있던 찬영이는 자신도 모르게 내뱉었다. 바닥에 널브러져 있던 엄마 아빠가 찬영이를 쳐다봤다. 누군가 머릿속에서 떠오른 생각을 입 밖으로 낸 게 너무 오랜만이었다.

"편한데 지루해."

찬영이가 다시 뒤이어 떠오른 생각을 말했다.

"지루한 게 어떤 거지? 그게 어떤 기분인지 기억이 안 나네."

엄마가 나른한 표정으로 천천히 말했다.

"난 요즘 내가 누군지도 깜빡깜빡해."

아빠의 말에 엄마가 키득키득 웃었다. 아빠도 따라 웃었다. 하지만 찬영이는 웃지 않았다.

찬영이도 아빠처럼 모든 기억이 깜빡깜빡했다. 지하에 갔다 오면 한동안 아무 생각도 나지 않았다. 소명이 이름조차 기억나지 않을 때도 있었다. 찬영이는 소명이와 숨바꼭질하고, 용돈을 모아 피시방에 갔던 옛날이 그리웠다.

"소명이는 지금 뭐 하고 있을까? 다른 친구랑 신나게 놀고 있겠지."

찬영이는 눈물이 핑 돌았다.

"안 되겠어. 오늘은 외출 좀 하자. 멋지게 차려입고!"

축 처져 꼼짝 않던 엄마가 간신히 몸을 일으켰다.

"그래! 우리 나가자."

찬영이도 신나서 일어났다.

"난 그냥 여기 있으면 안 될까? 물먹은 스펀지처럼 몸이 축축 처져."

아빠가 침대로 향했다.

"나가자. 나가서 외식도 하고 쇼핑도 하자. 돈을 벌었으면 써야지. 우린 부자야."

엄마가 탁자 위의 돈을 주머니에 찔러 넣었다. 지하에서 돌아오면 탁자에 늘 돈이 있었다. 처음엔 신났으나, 지금은 아무 감흥도 없었다.

찬영이 가족은 멋지게 차려입고 외출했다.

"나 장난감 사고 싶어. 블록 장난감."

찬영이는 평소 갖고 싶었던 블록 장난감을 원하는 만큼 사고 싶었다.

"나는 보석. 목걸이, 반지, 귀걸이 사서 치렁치렁 달고 다

녀야지."

"그걸 달고 어딜 가려고? 지하에 달고 가게?"

찬물을 끼얹지 않으면 아빠가 아니었다. 엄마는 아빠에게 팔꿈치 공격을 했지만, 힘이 없어 아빠 허리만 간지럽히고 말았다. 엄마 아빠는 힘도 점점 약해졌다.

찬영이 가족은 도로를 나와 한 방향으로 걸었다.

"단지 밖으로 나가면 상가가 있을 거야. 근데 왜 우리는 이제껏 상가 갈 생각을 못 했을까?"

"상가를 가고 싶다는 생각을 못 해서."

아빠가 엄마의 질문에 맥없이 답했다.

찬영이 가족은 걷고 또 걸었다. 그러나 아무리 걸어도 똑같은 이층집만 나올 뿐 단지는 끝이 없었다.

엄마는 땀을 닦으며 짜증 냈다.

"여긴 마을버스도 없어? 당장 차부터 사야겠어."

"신분증이 있어야 차를 사고 운전을 하지. 아후, 힘들어."

아빠는 등이 점점 굽어지더니 90도로 꺾인 채 걷다 길에 주저앉았다.

"아! 짜증 나. 그럼 우린 뭘 할 수 있어? 돈은 있는데 할 수 있는 게 없잖아."

엄마도 길에 주저앉았다.

찬영이는 길 한가운데 서서 주변을 둘러봤다. 인기척이 전혀 없었다.

"엄마, 여긴 진짜 아무도 안 사나 봐. 엄마! 아빠! 일어나 봐."

찬영이는 엄마 아빠의 어깨를 흔들었다. 엄마 아빠는 인형처럼 꼼짝도 안 했다. 숨도 안 쉬는 것 같았다. 급기야 서로에게 기대고 있던 엄마 아빠가 바닥에 힘없이 쓰러졌다.

"엄마, 아빠! 제발 일어나."

겁에 질린 찬영이는 주변을 둘러보았다. 도움 줄 만한 사람은 한 명도 없었다. 눈앞에 보이는 이층집 초인종을 눌러도 반응이 없었다.

찬영이는 무작정 뛰었다. 그런데 아무리 달려도 똑같은 이층집만 나왔다. 이층집을 끼고 돌고 또 돌아도 이층집뿐이었다. 길도 집도 정원도 다 똑같아 엄마 아빠가 있는 곳으로 못 돌아갈 것 같았다. 불안감에 온몸이 화끈거리고 심장도 미친 듯이 뛰었다. 눈물이 왈칵 쏟아지려는데 멀지 않은 곳에 엄마 아빠가 보였다.

"아흠, 잘 잤다. 여기가 어디야?"

엄마!
아빠!

찬영이가 달려오자 엄마가 기지개를 켜며 일어났다. 아빠도 하품을 늘어지게 하며 눈을 떴다.

"배고파. 뭐 좀 먹고 자야겠다."

엄마 아빠는 왜 여기에 있는지, 뭘 하고 있었는지 전혀 기억하지 못했다. 찬영이는 야반도주가 데려온 이 이상한 곳에 계속 있다가는 자기네가 누구인지도 까먹을 것 같아 불안했다.

"엄마, 아빠, 우리 돌아가자. 장미 빌라로 돌아가자."

찬영이가 울먹이며 애원했다.

엄마는 잠깐 멍한 표정을 짓더니 두 팔을 흔들며 기겁했다.

"애가 무슨 소리야. 농담이라도 그런 말 하지 마. 거기 돌아가면 고생길이 훤해."

"하지만 우린, 여기 와서 계속 먹고 자기만 하잖아. 아무것도 안 하고."

"팔자 늘어진 거지."

엄마가 대수롭지 않게 말했다.

"먹고 자기만 하는 게 얼마나 축복받은 건데."

아빠도 엄마 편을 들었다.

"난 먹고 자는 거 말고 다른 걸 하고 싶어!"

찬영이가 버럭 소리를 질렀다. 후회가 밀려왔다. 단지 드론을 고장 내고, 소명이와 싸웠을 뿐이다. 그때는 세상이 무너질 것 같았지만, 지금 생각해 보면 세상이 무너질 일은 아니었다. 야반도주 덕분에 책임지지 않아 좋았는데 지금은 마냥 좋지만은 않았다. 원하는 걸 다 가졌는데 왠지 모든 걸 다 잃은 듯한 기분이 자꾸만 들었다.

바스락바스락.

한밤중에 자고 있던 찬영이는 눈을 떴다. 주방에서 나는 소리였다.

찬영이는 까치발로 계단을 내려왔다. 주방에서 밥을 훔쳐 먹는 검은 실루엣이 보였다. 야반도주 팀원이었다. 팀원은 찬영이와 눈이 마주치자마자 연기처럼 사라졌다.

보물 상자

아침 일찍 팀장과 팀원이 찾아왔다. 찬영이 가족은 생각지도 않은 두 사람의 방문에 모두 긴장했다.

팀원이 찬영이에게 어제 일을 모른 척해 달라는 눈빛을 보냈다. 찬영이도 굳이 알리고 싶지 않아 입을 다물었다.

팀장은 화가 난 걸 애써 참는 듯 아랫입술을 물고 찬영이를 쳐다봤다. 찬영이는 팀장의 눈빛이 너무 싸늘해 심장이 얼어붙을 것 같았다.

"설문지에 빠뜨린 게 있더군요. 제일 친한 친구가 김소명 맞습니까?"

팀장의 질문에 찬영이는 고개만 끄덕였다. 엄마가 인상을 쓰며 말로 대답하라고 손짓했다.

"김소명 친구랑 함께 묻은 보물 상자, 지금 어디 있습니까? 다른 곳에 묻었습니까?"

찬영이는 등골이 오싹했다. 팀장이 소명이와 둘만의 비밀을 알고 있는 게 소름 끼쳤다. 찬영이는 입이 딱 붙어 침만 꼴깍꼴깍 삼켰다.

"물어보시잖아. 어디에 묻었어? 이 일이 혹시 우리한테 불리하게 작용할까요?"

엄마는 찬영이와 팀장에게 번갈아 가며 물었다. 그러나 팀장은 엄마를 무시하고 찬영이에게만 집중했다. 찬영이는 잠시 망설이다 입을 뗐다.

"그건 저랑 소명이, 둘만의 비밀인데요?"

"설문지에는 친구와의 비밀도 모두 쓰라고 되어 있습니다. 허위로 쓰면 불이익을 당해요."

불이익이라는 말에 엄마가 재빨리 끼어들었다.

"찬영이가 깜빡했나 봐요. 찬영아, 빨리 말해. 얼른."

엄마는 찬영이 등을 찌르며 구슬렸다.

"다른 사람한테 말하지 않기로 소명이랑 약속했어요. 설문지에 쓰면 비밀이 아니잖아요."

찬영이는 겁났지만, 소명이와의 의리를 지키고 싶었다. 둘만의 비밀을 남에게 말하는 건 의리가 아니다.

"그냥 얘기해. 다신 소명이 안 볼 건데 비밀이 다 무슨 소용이야."

엄마가 찬영이의 등을 꼬집었다. 찬영이는 몸을 틀어 엄마 손을 피했다.

"난 소명이 볼 거야. 지금 당장은 아니라도 언젠간 볼 거라고."

찬영이는 엄마에게 대들었다. 이곳에서 평생 살고 싶지 않았다.

"보긴 어떻게 봐? 소명이 엄마가 그 동네 터줏대감인데. 네가 보러 가면 그 즉시 동네에 소문이 쫙 퍼질 거야. 연기처럼 사라진 우리 가족이 나타났다고! 쓸데없는 얘기 그만하고 상자 있는 곳이나 알려 드려."

엄마는 생각만 해도 싫다는 듯 몸서리를 쳤다.

"몰라, 몰라, 몰라. 난 말 안 할 거야."

오기가 생긴 찬영이는 귀를 막고 버텼다.

"당신이 가지고 있던 건 모두 야반도주 소유입니다. 보물 상자도요. 상자가 다른 사람 손에 들어가면 일이 복잡해집니다. 그러니까 솔직하게 얘기하세요."

팀장은 온화한 미소를 지었지만 목소리에선 압박감이 느껴졌다.

"상자는 다른 사람이 가질 수 없어요."

찬영이는 팀장의 강요가 기분 나빠 고집을 피웠다. 찬영이만 묻은 장소를 아니까 안 가르쳐 주면 그만이었다.

"그렇다면 할 수 없죠. 비밀 정원을 다 파 보는 수밖에. 상자 안 물건은 저희가 알아서 처리하겠습니다."

"헉!"

찬영이는 놀라 입을 틀어막았다. 상자 안에 들어 있는 리모컨이 떠올랐다. 만약 보물 상자를 찾으면 상자 안에 소명이 물건도 있어서 소명이가 드론 사건의 범인으로 오해받을 수 있다.

"이제 기억이 나나 보네요?"

팀장이 놀란 찬영이를 보며 반가워했다.

"그 상자…… 왜 찾으세요?"

찬영이는 한껏 누그러진 태도로 물었다.

"그건 알려 드릴 수 없습니다."

팀장이 단호하게 말했다.

"연못 옆에 있어요."

찬영이는 거짓말을 했다. 상자를 찾는 이유를 말하지 않는 팀장을 믿을 수 없었다.

"거기 없던데."

팀장의 얼굴이 다시 어두워졌다. 참을성이 점점 줄어드는 게 보였다.

"아…… 풋말 밑인가? 나무 밑인가? 생각이 안 나요."

팀장은 입술을 잘근잘근 씹었다. 인내심이 곧 바닥날 조짐이었다. 찬영이는 머리를 감쌌다.

"몸에 힘이 하나도 없고, 머리가 너무 아파요."

"어머! 어디가 아픈데?"

엄마가 찬영이의 머리를 짚었다.

"열이 나네. 어떡해? 저기, 팀장님, 오늘 말고 내일 다시 오세요. 제가 상자 있는 곳을 꼭 알아 놓을게요."

엄마는 이 순간을 넘기려고 찬영이의 꾀병에 맞장구쳤다. 팀장도 찬영이가 쉽게 입을 열지 않자 포기하고 돌아갔다.

엄마는 팀장을 배웅하고 돌아와 찬영이를 쥐 잡듯이 잡

았다.

"당장 말 안 해?"

"나 진짜 아파. 머리가 깨질 것 같다고. 나 잘래."

"진짜 아픈 거야? 진짜? 그럼 얼른 자."

찬영이의 리얼한 연기에 엄마마저 속아 넘어갔다. 모두 엄마한테 배운 거짓말이었다.

"약을 어디서 사지? 약국이랑 슈퍼가 어디 있는지 물어보는 걸 깜빡했네. 일하고 오면 피곤해서 자꾸 잊어버려."

엄마는 찬영이를 방에 눕히고 푸념하며 내려갔다.

찬영이는 이불을 뒤집어쓰고 생각했다. 팀장은 비밀 정원을 다 파헤쳐서라도 상자를 찾겠다고 했다. 찾는 이유는 모르지만, 상자가 발견되면 소명이가 찬영이 대신 드론 사건의 범인으로 몰릴 수도 있다.

찬영이는 자리에서 일어나 엄마 아빠가 자는 걸 확인하고 주방에 음식을 차려 놨다. 밤새 팀원을 기다렸지만 오지 않았다. 그래도 포기할 순 없었다.

찬영이는 다음 날 아프다는 핑계를 대고 지하에 가지 않았다. 엄마 아빠가 없는 동안 다시 밥상을 정성스럽게 차렸다. 계단에서 졸며 기다리는데 어느새 팀원이 들어와 음식을 게걸스럽게 먹고 있었다.

"이 음식, 나한테 주는 거야? 왜 주는 거야? 우린 인간이 주는 거 받으면 안 돼."

그러나 말과 달리 팀원의 입과 두 손에는 음식이 가득했다.

"아무한테도 말하지 않을게요. 걱정하지 말고 드세요."

찬영이는 팀원이 또다시 사라질까 봐 조심스럽게 다가갔다.

"인간이 주는 걸 받으면 부탁을 들어줘야 하거든. 팀장님도 그걸 가장 조심하라고 했어. 인간들은 교활해서 어려운 부탁을 한대. 그래서 이거 먹으면 안 돼."

그러면서도 팀원은 계속 음식을 맛있게 먹었다.

"그럼 음식을 안 먹으면 되잖아요."

"난 아직까지는 인간들 음식이 먹고 싶어. 참을 수가 없다고."

"야반도주 사람들은 인간이 아니에요?"

찬영이의 질문에 팀원이 숟가락질을 멈췄다. 찬영이는 아차! 싶어 입술을 말았다.

"우린 인간도 아니고 영혼도 아니고, 아주 애매해."

팀원은 자신도 헷갈리는지 어깨를 으쓱했다.

"이름이 뭐예요?"

"나? 난 이름이 없어. 그냥 야반도주 직원이야. 야반도주 3팀 팀원."

팀원은 입에 가득 음식을 넣고 말했다.

찬영이는 팀원이 신은 양말에 구멍이 난 걸 보고 새 양말을 줬다.

"이쁘다. 새거야?"

팀원은 새 양말을 신고 좋아했다.

"전에 살던 곳에 갔다 올 수 있게 도와주세요."

찬영이는 빙빙 돌리지 않고 원하는 걸 바로 말했다. 시간이 없었다.

"이럴 줄 알았어. 팀장님이 인간들한테 넘어가지 말라고 했는데."

팀원은 양말을 벗고 입에 있던 음식도 뱉었다.

"몰래 갔다가 바로 올게요. 아무도 모르게요."

찬영이는 팀원의 손을 잡고 사정했다. 팀원의 손이 얼음장처럼 차가웠다.

"네 손 정말 따뜻하다. 인간은 정말 따뜻해."

팀원이 자신의 볼에 찬영이 손을 갖다 댔다.

"여기에 한번 들어온 인간들은 밖으로 나가면 안 돼. 나갈 수도 없어. 문을 열 수 없으니까."

팀원은 단호하게 말했지만, 찬영이 손은 놓지 않았다.

"친구가 위험해요. 제발 도와주세요."

찬영이가 애원했다. 팀원이 도와주면 문을 열 수 있을 것 같았다.

"친구? 난 친구가 없는데……."

팀원은 부러운 눈빛으로 고민하더니 마침내 결심한 듯 말했다.

"몰래 갔다 빨리 오면 아무도 모를 거야. 내가 너인 척하고 침대에 누워 있으면 아무도 모를 거야. 그치? 빨리 갔다 올 수 있지? 약속할 수 있지?"

팀원의 질문 공세에 찬영이는 새끼손가락을 걸고 약속했다.

일을 마친 엄마 아빠가 지하에서 돌아왔다. 지친 두 사람은 소파에 널브러져 허공만 쳐다봤다. 탁자 위 돈도 관심 없었다. 하지만 아프다는 핑계로 일하지 않은 찬영이는 지하에 갔다 온 날과 달리 쌩쌩했다.

몰래 갔다
바로 올게요.
우아~
따뜻하다
흥 안돼!
친구가 위험해요.
제발 도와주세요.
우아~
따뜻해~

이빠가 힘 빠진 목소리로 물었다.

"오늘 그 덩어리 말이야. 꼭 사람 피부 같지 않았어?"

엄마가 고개를 끄덕였다.

"감촉이 딱 그래. 땀구멍까지 있더라고."

엄마는 소름이 돋는지 손으로 두 팔을 연신 쓸어내렸다.

"찬영아, 어때? 많이 아팠어?"

엄마의 걱정에 찬영이는 목을 잡고 아픈 척했다. 엄마 아빠는 맥을 못 추며 방으로 들어갔다.

찬영이는 엄마 아빠가 잠들 때까지 기다렸다가 돈과 옷가지를 챙겨 뒤뜰로 갔다.

창고 문을 열자 한기가 훅 밀려왔다. 찬영이는 어두운 계단 벽을 손으로 더듬으며 내려갔다.

팀원은 계단 중간에 밖으로 나가는 문이 있다고 알려 주면서 열쇠를 줬다. 손바닥만큼 큰 열쇠였다. 찬영이는 열쇠로 벽을 치며 계단을 내려갔다. 문은 인간들 눈엔 보이지 않아서 열쇠가 찾아야 했다.

갑자기 열쇠가 바짝 긴장한 듯 꼿꼿하게 섰다. 찬영이는 손에 힘을 빼고 열쇠가 움직이는 대로 그냥 두었다. 혼자 움직이던 열쇠가 딱 멈추더니 벽 안으로 쑥 들어갔다.

드르르륵.

벽처럼 생긴 묵직한 문이 열리면서 좁은 복도가 나왔다. 손안에 있던 열쇠가 스르륵 사라졌다. 팀원은 열쇠가 자신에게 돌아올 거라고 했다. 그래서 찬영이가 약속한 시각에 돌아와야 팀원이 문을 열어 줄 수 있다. 찬영이는 팀원과 단단히 약속한 뒤에 열쇠를 받았다.

수많은 문이 있는 복도는 미로처럼 복잡했다. 찬영이는 팀원이 귀띔해 준 대로 길이 막히면 무조건 왼쪽으로 돌았다.

막다른 길 끝에 문이 보였다. 문을 열자 야반도주 트럭 수십 대가 있는 주차장이 나왔다.

콕 콕 콕
스르르르
드르륵~ 끼익~
서둘러야 해.
길이 막히면
무조건 왼쪽으로~
휘릭

탈출

찬영이는 야반도주 팀원이 알려 준 대로 집 근처로 가는 트럭을 찾아 올라탔다. 그런 다음, 조수석 뒤로 넘어가 누웠다.

야반도주 트럭 여러 대가 주차장을 빠져나와 좁고 어두운 터널을 달렸다. 트럭들은 터널을 벗어나자마자 고속 도로를 타고 사방으로 흩어졌다.

"팀장님, 이제 얼마나 남았어요?"

운전하는 야반도주 직원이 옆자리에 있는 팀장에게 물었다.

"이제 열 명만 옮기면 돼."

"얼마 안 남았네요."

"스티커 홍보가 꽤 쏠쏠해서 금방 될 것 같아. 요즘엔 한심한 인간들이 넘쳐 나잖아."

찬영이는 의자 뒤에서 둘의 대화를 엿들었다. 한심한 인간은 야반도주를 찾는 사람을 말하는 것 같았다. 야반도주 덕에 갖고 싶은 걸 다 가졌지만 행복하지 않은 걸 보면 한심한 게 맞았다.

트럭이 멈추고 직원들이 차에서 내렸다.

찬영이는 몸을 일으켜 창밖을 봤다. 집 근처 동네였다. 차에서 내려 빌라 골목으로 달렸다. 낯익은 냄새가 났다. 떠나기 전에는 몰랐는데 눈물 나게 반가웠다.

해가 뜨려면 아직 멀었다. 지금은 학교에 갈 수 없어 장미 빌라 뒤에 있는 비상계단으로 갔다.

찬영이는 계단 밑, 창고 안으로 들어가 청소 도구와 고장 난 가전제품 사이에 앉았다. 춥지 않아 견딜 만했다. 문틈으로 장미 빌라가 보였다. 집에 돌아와 기쁘고, 집을 떠난 지 두 달도 안 됐는데 1년은 넘은 것처럼 낯설었다. 긴장이 풀려 잠이 쏟아졌지만 꾹 참고 버텼다. 원하는 걸 얻기 위해 이렇게 애써 본 적이 없었다.

찬영이와 소명이는 늘 함께 등교했었다. 잠이 많은 찬영이는 약속 시간을 밥 먹듯이 어겼고, 그 바람에 둘은 학교까지 헐레벌떡 달려가기 일쑤였다. 소명이가 불평하지 않아 약속을 어기는 게 미안하지 않았다. 참다못한 소명이가 얼굴을 붉히면 "다음부터 안 그럴게." 하고 그 순간만 모면하고 또다시 늦었다. 찬영이는 소명이한테 잘못한 일이 자꾸만 떠올라 괴로웠다.

밤새 뜬눈으로 보낸 찬영이는 모자를 눌러쓰고 골목을 달렸다.

앞에 어떤 아이가 걸어가고 있었다. 뒤에서 누군가 뛰어오며 소리쳤다.

"찬영아."

소명이 목소리였다. 찬영이는 너무 놀라 몸을 움츠렸다. 소명이를 어떻게 대해야 할지 고민됐다. 그런데 소명이가 찬영이 옆을 지나 앞에 걸어가는 아이의 어깨를 감쌌다.

"오늘도 일찍 나왔네."

소명이가 어깨동무한 아이에게 말했다. 그 모습을 본 찬영이는 그대로 얼어붙었다. 소명이와 어깨동무한 아이는

바로 …… 찬영이였다.

소명이는 찬영이랑 똑같이 생겼지만 찬영이가 아닌 아이에게 찬영이라고 불렀다. 진짜 찬영이는 벌어진 입을 다 물지 못했다.

소명이와 가짜 찬영이가 골목을 빠져나갔다. 찬영이는 넋이 나가 그대로 얼어 버렸다.

"정신 차려, 송찬영. 정신 차리라고!"

찬영이는 자신의 볼을 마구 때렸다. 캄캄하던 눈앞이 서서히 밝아지고, 방금 본 장면이 머릿속에서 재생됐다.

"내가 방금 뭘 본 거지? 나랑 똑같이 생긴 갠 누구야? 왜 여기 있어? 대체 어디 사는 애야?"

거기까지 생각이 미친 찬영이는 장미 빌라 집으로 달려갔다.

현관문에 귀를 대 보았다. 아무 소리도 들리지 않았다. 문은 잠겨 있었다. 다른 가족이 이사 왔을지도 모른다. 찬영이는 초인종을 누를까 잠시 망설이다 화단으로 갔다.

화단에 올라가 창문으로 집 안을 봤다. 가구도 부엌 살림도 예전에 찬영이 가족이 살던 그대로였다.

"아직 학교 안 갔어?"

누군가가 도둑처럼 집 안을 훔쳐보는 찬영이의 어깨를 쳤다. 찬영이는 놀라 엉덩방아를 찧었다. 3층 할머니였다.

'걸렸구나.'

찬영이는 고개를 푹 숙였다. 할머니가 돈도 안 갚고 도망쳤다며 따질까 봐 무서웠다.

"엄마 아빠는 아까 일하러 나가던데."

찬영이는 할머니 말이 믿어지지 않아 눈을 연거푸 깜빡였다.

"엄마 아빠도 있어요?"

"아니, 일하러 나갔다고."

"어디로요?"

"네 엄마는 요 앞 마트에서 일하잖아. 아빠 들어오면 돈 잘 받았다고, 고맙다고 전해라."

할머니가 온화한 미소를 지었다. 얼굴에 가득한 주름도 같이 웃는 것 같았다.

찬영이는 당장 마트로 뛰어갔다. 엄마가 사람들과 수다를 떨며 채소를 포장하고 있었다.

이 핑계 저 핑계 대며 마트 아줌마한테 생활비를 빌리고 피해 다녔던 엄마가 마트에서 일하다니, 뜻밖이었다. 심지어 마트 아줌마와 아주 친해 보였다. 동네 사람이랑 수준 안 맞는다고 하던 엄마는 계속 웃었다. 엄마가 아닌 가짜 엄마였다.

찬영이 가족이 떠난 자리에 찬영이 가족과 똑같이 생긴 가짜들이 나타나 찬영이 가족 행세를 하고 있었다. 동네 사

전품목 할인행사
뽀미
무형광
요새, 찬영이 엄마 보기 좋구먼.
열심히 살아야죠. 힘들어도 웃고….
나도 웃어야지. 호호호호….
스파이
스파이

람들은 찬영이 가족이 하룻밤 사이 사라진 걸 아무도 몰랐다. 소명이조차도 말이다. 찬영이는 소중한 뭔가를 도둑맞은 기분이 들었다.

가짜 가족

"엄마 불러 줘?"

소명이 엄마가 마트 안을 보는 찬영이에게 말을 걸었다. 찬영이는 놀라 뒷걸음질 치며 인사했다.

소명이 엄마가 찬영이 머리를 쓰다듬었다.

"요샌 약속도 잘 지키고 책임감도 생기고. 그래서 보기 좋아. 근데 넌 왜 학교 안 가고 여기 있어? 소명이 못 만났어?"

"안녕히 계세요."

찬영이는 소명이 엄마가 가짜 엄마를 부르기 전에 도망

쳤다. 본능적으로 가짜에게 들키면 안 될 것 같았다.

찬영이는 다시 창고로 왔다.

"대체 이게 무슨 일이야? 나도 똑같아. 엄마도 똑같아. 이게 말이 돼?"

두 눈으로 직접 보면서도 도저히 믿기지 않았다. 자신과 똑같이 생긴 도플갱어는 들어 봤지만 온 가족의 도플갱어라니, 말도 안 됐다. 그것도 가족이 몰래 떠난 그 자리에 똑같이 생긴 가족이 들어와 산다니 말이다. 이건 절대 우연일 수 없었다.

처음부터 야반도주는 이상했다. 찬영이 가족이 가진 보잘것없는 물건을 넘겨받고 원하는 걸 다 준다는 계약부터 말이 안 됐다. 야반도주가 받은 찬영이 가족의 모든 걸 가짜들이 쓰고 있으니 지금 벌어지는 이 모든 상황은 야반도주가 꾸민 일이 분명했다. 야반도주에 사기당했다고 생각하자 목덜미가 뻣뻣해졌다.

"그냥 사람들한테 확 말해 버릴까?"

계약 위반이지만 이대로 가만있을 순 없었다. 그런데 사람들이 아무도 안 믿을 것 같았다.

"아니면 제자리로 다시 돌아가겠다고 할까? 원래 우리

자리잖아."

없던 일로 하자고 하면 가짜가 어떻게 나올지 몰라 무서웠다.

모든 게 이상했지만, 우선 보물 상자부터 찾기로 했다.

찬영이는 정신을 차리고 부리나케 학교로 달려가 개구멍을 통해 운동장으로 들어갔다.

마침 점심시간이었다. 찬영이는 비밀 정원으로 향했다. 미리 온 가짜 찬영이가 비밀 정원 여기저기를 파헤치고 있었다. 찬영이는 수돗가 뒤에 숨어 가짜를 지켜봤다. 소명이가 비밀 정원으로 뛰어오는 모습이 보였다.

"한참 찾았네. 왜 먼저 왔어?"

소명이가 숨을 헐떡였다.

"미, 미안. 내가 먼저 상자를 찾으려고 했지."

보물 상자를 못 찾은 가짜 찬영이는 난감해했다.

"여긴가? 아니네. 아니면 저긴가?"

가짜 찬영이는 계속 허탕을 쳤다. 소명이가 가짜 찬영이를 이상한 눈빛으로 쳐다봤다.

"네가 다시 묻었다며? 기억 안 나?"

"기억나려고 해. 잠깐만 기다려 봐."

"상자에 있는 피규어. 옆집 형이 내일까지 안 가져오면 가만 안 둔대. 줬다 뺏는 법이 어디 있어, 치사하게."

소명이가 투덜댔다. 옆집 형한테 선물받은 거라고 좋아했던 피규어가 당장 필요한 모양이었다.

가짜 찬영이는 쩔쩔매며 땅을 팠다.

"찬영아, 너 좀 달라졌어. 희준이 드론 사건 뒤로 성격도 바뀌고 목소리도 바뀌고. 그래서 기억력도 바뀌었나? 뭐든 깜빡깜빡하잖아."

소명이는 장난처럼 말했는데, 가짜 찬영이의 얼굴이 험악하게 변했다.

"말조심해."

가짜 찬영이가 정색하며 화를 냈다.

"내가 뭐가 바뀌었다는 거야? 난 예전이랑 똑같아. 하나도 바뀌지 않았어. 다시 한번 바뀌었다는 둥 이상하다는 둥, 그런 말 하면 가만두지 않을 거야."

가짜 찬영이가 흥분해서 목소리를 높였다. 그 순간 가짜 찬영이의 목 피부가 벗겨져 늘어졌다. 당황한 가짜 찬영이가 손으로 목덜미를 잡았다.

"미안. 소리 질러서……. 내가, 꼭 찾을게. 바로 찾을 거

난 바뀌지
않았어!

야. 금방 알아낼 수 있다고 했어."

가짜 찬영이는 금세 기가 죽어 목소리가 기어들어 갔다.

"알아내? 누가 뭘 알아내?"

소명이가 고개를 갸웃하며 캐물었다.

"아, 아니야. 그런 게 있어. 나 배 아파. 화장실 가야겠다."

가짜 찬영이는 학교로 들어갔다.

"찬영아! 같이 가."

소명이가 가짜 찬영이를 쫓아갔다.

찬영이는 도망치는 가짜 찬영이를 노려보며 생각했다. 가짜 찬영이는 보물 상자를 못 찾아서 소명이한테 의심받고 있다. 상자를 못 찾으면 가짜인 걸 들킬 수 있다. 가짜는 가짜인 걸 들키면 안 되나 보다. 그래서 설문지에 모든 걸 적어야 했던 거다. 가짜가 진짜처럼 행세해야 하니까.

설문지에 모든 걸 빠짐없이 적으라고 할 때부터 야반도주는 찬영이 가족의 자리를 뺏을 계획이었다. 그리고 자리를 뺏은 가짜는 인간이 아니다. 인간이라면 피부가 껍질처럼 벗겨질 리 없다.

찬영이는 보물 상자를 캐낸 뒤 장미 빌라로 돌아와 담벼락 뒤에 숨었다.

오후가 되자 가짜 엄마와 가짜 찬영이가 집으로 돌아왔다. 어두워지자 아빠랑 똑같이 생긴 가짜 아빠도 골목을 올라왔다.

가짜 아빠가 골목을 내려오는 부동산 아저씨에게 먼저 인사하고 돈봉투를 건넸다.

"벌써 갚는 거야?"

부동산 아저씨는 감동한 표정으로 물었다.

"많이는 못 넣었어요. 그래도 곧 다 갚을게요."

가짜 아빠는 미안하다면서 고개를 연신 숙였다.

"괜찮아. 그럴 수도 있지. 이렇게 다만 얼마씩이라도 갚으니까 얼마나 좋아. 서로 얼굴 구길 일도 없고. 포기하지 않고 열심히 사는 모습 보기 좋아."

"열심히 살게요. 감사합니다."

가짜 아빠와 부동산 아저씨는 훈훈하게 대화하고 헤어졌다. 가짜 아빠는 아빠가 빌린 돈을 갚고 있었다. 3층 할머니한테 빌린 돈도 말이다.

찬영이는 불 켜진 집 창문을 물끄러미 쳐다봤다. 가짜 가족처럼 책임을 다해 돈을 갚았다면 찬영이 가족은 야반도주할 필요가 없었다. 드론 문제도 마찬가지였다.

"아, 드론."

찬영이는 드론 사건이 어떻게 됐는지 궁금해 소명이 집으로 달려갔다.

소명이가 창문을 열고 찬영이를 반겼다.

"기분 좀 풀렸어? 아까 화나게 해서 미안."

찬영이는 소명이 얼굴을 보자 울컥했다. 정말 정말 보고 싶었다고 말해 주고 싶었다.

"아냐. 내가 미안해."

찬영이의 사과에 소명이가 방긋 웃었다.

찬영이는 상자 속에 있던 피규어를 소명이에게 건넸다.

"상자 찾았구나. 다행이다."

소명이는 피규어를 받고 안심했다.

"소명아, 희준이 드론 말이야. 내가 고장 낸 거, CCTV로 밝혀졌지?"

찬영이가 조심스럽게 물었다. 소명이가 걱정하는 눈빛으로 찬영이를 쳐다봤다.

"너, 정말 무슨 일 있어? 어디 아파?"

"아냐, 아냐, 그냥 요새 기억이 깜빡깜빡해서 그래."

찬영이가 머리를 긁적이며 기억 안 나는 척했다.

"CCTV 고장 나서 일요일 녹화가 하나도 안 됐잖아. 네가 솔직하게 털어놓지 않았으면 묻힐 뻔했는데, 네가 희준이한테 사과했잖아. 드론 고장 내서 미안하다고 말이야. 그건 기억나지?"

"내가?"

가짜 찬영이가 찬영이 대신 사과한 모양이다. 범인을 안 희준이가 가짜 찬영이에게 어떻게 했을지 상상하자 오금이 저렸다.

"희준이도 멋졌어. 네 사과를 멋지게 받아 줬으니까. 난리 날 줄 알았는데."

"희준이가 사과를 받아 줬다고?"

찬영이는 소명이의 예상 밖 대답에 당황했다. 소명이는 고개를 끄덕였다.

"지금도 안 믿어진다니까. 희준이 다시 봤어."

소명이가 엄지를 치켜세웠다.

드론 고장 낸 걸 들키지 않고 넘어갈 방법만 찾았던 찬영이는 허탈하고 창피했다.

"애들이 둘 다 멋지다고 했잖아. 숨기지 않고 솔직히 말한 너도, 사과를 받아 준 희준이도."

멋지다는 얘기를 들은 신 찬영이가 아니라 가짜 찬영이였다. 씁쓸했다. 찬영이는 뒤돌아섰다.

"가려고?"

"응."

찬영이는 어깨를 늘어뜨리고 터벅터벅 걸었다. 가짜 찬영이처럼 솔직하게 행동하지 못한 자신이 원망스러웠다.

'만약 내가 그랬다면…… 만약 내가 그랬다면…….'

머릿속에서 '만약'이라는 단어가 계속 떠올랐다. 한숨이 나왔다. 이미 지나간 시간에 만약은 소용없었다. 다시 시간

을 돌려도 가짜 찬영이처럼 행동하진 못했을 거다. 찬영이는 용기 없고 비겁한 자신이 미웠다.

야반도주 트럭을 타고 돌아갈 시간이 다가왔지만 정말 돌아가고 싶지 않았다. 하루 종일 너무 많은 생각을 한 탓에 잠이 밀려왔다. 찬영이는 다시 계단 밑으로 갔다.

'조금만 자고 일어나서 생각하자. 조금만.'

찬영이는 스르르 잠이 들었다.

누군가가 창고로 다가오는 발소리가 들렸지만, 너무 졸려 눈을 뜰 수 없었다. 갑자기 창고 문이 열리면서 억센 손

이 찬영이 팔을 잡아당겼다. 찬영이가 비명을 지르려고 하자 또 다른 누군가가 입을 막았다.

"쉿!"

모자와 마스크로 얼굴을 가린 엄마 아빠였다.

바꿔치기

엄마는 찬영이를 보자마자 등짝을 세게 내려쳤다.

"너, 지금 여기서 뭐 하는 거야?"

"엄마?"

"엄마? 엄마? 난 네 엄마 아니야. 엄마 안 하기로 했어. 누구세요, 아저씨? 거지가 따로 없네요."

엄마는 고개를 흔들며 비아냥댔다.

"엄마!"

찬영이는 엄마를 와락 안았다. 세상에 혼자 남은 것 같아 외로웠는데 다행이었다.

"이럴 거면서 우리 몰래 여길 오면 어떡해? 얼마나 놀랐는지 알아?"

아빠가 찬영이 등을 토닥이며 안심시켰다. 세 식구는 오랜만에 얼싸안았다.

"근데 어떻게 왔어?"

엄마는 고개를 흔들며 한숨을 쉬었다. 생각만 해도 아찔한 모양이었다.

"네 방에서 자고 있던 야반도주 직원이 우리한테 딱 걸렸지, 뭐. 팀장한테 들키면 안 된다고 네가 있는 곳을 알려주더라. 대체 무슨 생각으로 여길 온 거야. 다른 사람들한테 들키진 않았지?"

엄마는 점수가 깎일까 봐 걱정했다.

"안 들켰어. 걱정 마."

찬영이는 엄마의 반응에 짜증이 났다. 엄마에겐 아직도 야반도주와의 계약이 제일 중요한 것 같았다.

"지가 잘못해 놓고 짜증이야? 사람들한테 들킬까 봐 얼마나 긴장했는지 오줌 마려워 죽겠어. 들키기 전에 빨리 돌아가자."

엄마는 주변을 살피며 다리를 동동 떨었다. 찬영이는 한숨을 쉬었다. 가짜 가족은 빌린 돈을 갚으며 당당하게 사는데 진짜 가족은 벌벌 떨며 사는 게 말이 안 됐다.

"난 안 돌아갈 거야."

찬영이가 팔짱을 끼고 엄마 아빠를 노려봤다.

"뭔 소리야! 들키기 전에 빨리 돌아가야지."

"그냥 여기서 살자."

찬영이가 억지를 부리자 아빠가 한숨을 쉬었다.

"우리가 여기 살면 너 맛있는 것도 못 사 먹고 좋은 옷도 못 입어."

"그럼 어때서?"

엄마가 찬영이 머리에 알밤을 날렸다.

"철없는 소리 하고 있네. 그럼 평생 빚만 갚으면서 살래?"

"내가 보기엔 엄마 아빠가 더 철이 없어. 엄마 아빠가 빌린 돈이잖아. 그럼 당연히 갚아야지. 도망치는 게 말이 돼? 그건 유치원 애들도 알겠다."

찬영이의 일격에 엄마 아빠는 입술을 삐죽였다.

"너도 이사하는 거 좋다고 했잖아."

"그땐 그랬지. 근데 지금은 싫어."

찬영이가 버티자 엄마가 맞섰다.

"계약서에 사인도 했고, 어차피 여기 집도 이미 다른 사람이 살아서 돌아올 수도 없어."

"그 계약은 무효야. 우리를 바꿔치기한다고 하지 않았잖아. 야반도주가 우릴 속였어."

찬영이의 말을 엄마 아빠는 이해하지 못했다.

"바꿔치기하다니, 그게 무슨 소리야?"

찬영이는 지금까지 있었던 일들을 모두 말했다.

"얘가 헛것을 봤나. 그게 말이 되니? 돌아가기 싫다고 거짓말을 하네."

엄마가 눈을 흘겼다. 그때 가짜 아빠가 빌라에서 나왔다. 아빠가 놀라 뒤로 자빠졌다. 가짜 엄마와 책가방을 멘 가짜 찬영이도 나오자 엄마도 기겁했다. 가짜 가족은 다정하게 골목을 빠져나갔다. 엄마 아빠는 그대로 얼어붙었다.

"우, 우, 우리잖아. 우리가 왜 저기 있어?"

엄마가 뛰는 가슴을 부여잡고 간신히 입을 열었다.

"너무 똑같아. 너무 무서워."

아빠는 엄마를 안고 벌벌 떨었다.

"이래도 돌아갈 거야? 저 사람들이 우리 흉내를 내며 살고 있는데? 난 우리 자리를 되찾고 싶어."

장미빌
저… 저….
아들 시험 잘 봐.
찬영이가 날 닮아서 머리가 좋아.
걱정 마!

찬영이는 엄마 아빠를 설득했다.

"지금 쟤네들이 우리인 척하고 여기 산다는 거지?"

엄마는 넋 나간 얼굴로 물었다.

"그렇다니까. 마트에서 엄마인 척하고 일해."

"아니, 왜?"

엄마는 정말 이해할 수 없다는 듯 두 팔을 벌려 어깨를 으쓱했다.

"그러니까, 하필 우릴 왜? 우린 파산 직전이었잖아."

아빠도 눈을 동그랗게 뜨고 깜빡였다.

"그건 나도 모르지."

찬영이도 그 부분이 의아했다. 이왕 바꿀 거면 부자나 재능 많은 사람과 바꿔치기를 할 텐데 말이다.

"마트에서 일한다고? 주인 여자가, 빌린 돈 다 날린 거 알면 잡아먹을 텐데. 따라가서 뭘 하는지 봐야겠네. 당신도 한번 따라가 봐. 우리인 척하고 이상한 짓 할 수도 있잖아."

엄마가 아빠를 떠밀었다. 아빠는 따라가기 싫어 꼼지락거리다 결국 가짜 아빠를 쫓아갔다.

"넌 꼼짝 말고 여기 숨어 있어."

엄마는 찬영이를 단속하고 가짜 엄마를 따라 슈퍼로

갔다.

한참 뒤에 몸도 마음도 축 처진 엄마 아빠가 돌아왔다.

"아빠는 어디서 일하고 있었어?"

"전처럼 공사장에서 벽돌 나르고 있더라."

아빠가 깊은 한숨을 쉬며 말했다.

"아……."

찬영이는 할 말이 없어 감탄사만 내뱉었다.

"그래, 뭐 가짜라고 별수 있어? 우리처럼 망한 건 똑같으니까 힘들게 살겠지."

엄마는 애써 현실을 인정했다.

"근데 행복해 보였어. 만족해하는 것 같았고. 철물점 최사장한테 돈도 갚던데?"

아빠가 씁쓸한 표정을 지었다. 찬영이는 자신이 느낀 기분을 아빠도 느끼고 있을 거라 짐작했다.

"난 마트에서 일하고 식당에서도 일하더라. 방긋방긋 웃으면서. 사람들한테 나중에 식당 차리고 싶다고 하면서. 사는 형편은 우리가 야반도주하기 전이랑 다를 게 없는데 조금 행복해 보였어."

엄마는 쓴 약을 먹은 듯 입 주위가 일그러졌다.

이봐,
좀 마시고
하자~
네~.

엄마 아빠는 입맛을 쩝쩝 다시며 먼 하늘을 바라봤다.

"나, 학교도 가고 싶고, 대학도 가고 싶고, 직업도 갖고 싶어. 그런데 가짜가 여기서 우리 흉내를 내고 살면 우린 평생 도망친 곳에서 아무것도 못 하고 살아야 하잖아. 돈이 많으면 뭐 해? 어디에도 가지 못하고, 하고 싶은 것도 못 하는데. 그게 감옥이지 뭐야."

찬영이의 불평에 엄마가 콧방귀를 뀌었다.

"감옥은 돈을 안 주지."

분위기 파악 못 하는 엄마 때문에 찬영이는 기가 찼다.

"공부나 열심히 하던 애가 학교 가고 싶다면 이해가 되는데 너 공부하기 싫어했잖아."

"그거야, 해야 하니까 싫은 거지! 하지 않아도 된다고 하니까 하고 싶어졌어."

찬영이는 엄마가 얄미워 소리를 버럭 질렀다.

"알았어. 다른 건 모르겠고, 저것들이 왜 우리 흉내를 내는지는 알아야겠다."

행동 대장 엄마가 주먹을 불끈 쥐었다. 찬영이도 같은 생각이었다. 가짜에 대해 많이 알수록 이길 확률이 크기 때문이다.

찬영이 가족은 가짜 가족이 다 모일 때까지 집을 감시했다. 가짜 아빠가 제일 늦게 집으로 돌아왔다.

엄마 아빠는 집 앞에서 초인종 누르는 걸 서로에게 미루며 옥신각신했다.

“자기가 눌러.”

“당신이 눌러.”

“집에 안 들어가고 뭐 해? 열쇠 없어?”

3층 할머니가 찬영이 가족을 보고 다가와 아는 척했다. 엄마 아빠는 너무 놀라 벽에 얼굴을 대고 가렸다.

“저녁밥이 많은데 좀 줄까?”

할머니의 다정함에 뜨악한 엄마는 괜찮다고 손사래를 쳤다.

“그럼 다음에 와서 먹어.”

할머니가 계단을 올라가자 엄마가 기막혀했다.

“세상에, 저 할머니 왜 이렇게 친절해?”

“가짜 엄마가 돈을 갚아서 그래.”

찬영이가 대수롭지 않게 말하자 엄마가 입술을 삐죽였다. 그때 찬영이 집 현관문이 열렸다.

“왜 이렇게 밖이 시끄러워?”

가짜 아빠가 문을 열자 엄마가 냅다 문고리를 잡아당겼다. 그 바람에 가짜 아빠는 앞으로 꼬꾸라지고, 그 틈에 엄마가 안으로 들어갔다. 아빠랑 찬영이도 따라 들어갔다.

"당신들 뭐야? 어머나!"

가짜 엄마가 엄마를 보고 놀라 비명을 질렀다. 방에서 나온 가짜 찬영이도 찬영이를 보고 깜짝 놀랐다. 밖으로 튕겨 나갔던 가짜 아빠도 얼른 집으로 들어와 문을 닫았다.

가짜 가족과 진짜 가족이 서로를 마주 보며 대치했다.

맞짱

"니들 내게 뭐야? 정말 똑같네. 거울 보는 것 같아."

엄마는 분노와 감탄을 동시에 터뜨렸다.

"살림은 우리가 쓰던 그대로야. 좀 더 는 거 같기도 하고."

흥분한 엄마가 집 안을 둘러봤다. 아빠는 현관에 있는 야구 방망이를 들고 가짜들을 경계했다.

그에 반해 가짜 가족은 덤덤하게 진짜 가족을 관찰했다. 남의 자리를 뺏은 사람들치곤 너무 아무렇지 않은 모습이었다.

"뭐야? 왜 겁을 안 먹지? 남의 걸 뺏어 놓고 왜 이리 당당해?"

엄마는 뻔뻔한 가짜 가족에게 분노했다.

"야반도주 3팀은 대체 일을 어떻게 하길래 이 사람들이 여기까지 온 거야?"

가짜 엄마가 못마땅한 얼굴로 짜증을 냈다.

"이건 계약 위반이야. 그냥 넘어가선 안 된다고."

이번엔 가짜 아빠가 소파에 앉았다가 다시 일어났다.

"마지막 남은 스프링이 완전히 나갔네. 김 선생, 어떻게 좀 해 봐."

"저기요, 우린 지금 가족이에요. 제발 호칭 좀 제대로 부릅시다."

가짜 찬영이가 짜증 내는 가짜 아빠에게 핀잔을 줬다.

찬영이는 가짜 찬영이의 어른 말투에 어리둥절했다. 그들은 가족도 아닌 것 같았다.

"연락했으니까 곧 올 거예요. 조용히 기다려 봅시다."

가짜 엄마의 말에 가짜 가족은 침묵했다. 야반도주 팀을 기다리는 눈치였다. 이 모든 일을 꾸민 야반도주 팀이 와야 해결될 문제였다. 진짜 가족도 한 덩어리로 뭉쳐 야반도주 팀을 기다렸다.

적막이 흘렀다.

아빠가 헛기침을 한 뒤 가짜 아빠한테 조심스럽게 물었다.

“우리 주식하다 망한 거 들켜서 사람들이 많이 괴롭혔죠? 난 그게 제일 무섭던데.”

“별로 그렇지도 않았어요. 처음엔 어떻게 돈 갚을 거냐고 몰아붙이더니 나중엔 나쁜 마음 먹지 말라고 걱정해 주더

라고요."

가짜 아빠 말을 엄마는 믿지 못했다.

"사람들이 우리 걱정을 했다고요? 그럴 리가."

"믿기 싫으면 말아요. 그러니까 해결할 생각은 안 하고 도망갔겠지."

가짜 아빠의 비아냥에 엄마는 입술을 실룩이며 부엌살림을 살폈다.

"구질구질한 건 여전하네. 폼 나게 살고 싶었는데 역시

이 꼴을 못 벗어나니."

찬영이도 전에 썼던 자기 방을 들여다봤다. 떠나기 전 모습 그대로였다. 찬영이는 가짜 찬영이가 왜 이런 집에서 찬영이로 사는지 궁금했다.

"왜 우리 가족으로 사는 거야…요?"

"이런 집이 우리한텐 땡잡은 집이지. 하루하루가 낭떠러지인 절박한 삶 말이야. 이런 집은 서로 들어오려고 웃돈을 줘야 해."

가짜 찬영이가 알 수 없는 말을 했다.

그때 현관문 노크 소리가 들렸다. 가짜 아빠가 문을 열자 야반도주 팀장이 집으로 들어왔다.

따지려던 엄마는 야반도주 팀장이 내민 계약서에 놀라 뒤로 물러섰다.

"신분이 노출되면 감점입니다."

"아직 노출되진 않았어요. 아무도 우리가 진짜인 줄 몰라요."

엄마는 변명했지만 무슨 말을 한 건지 자신도 헷갈려 고개를 갸웃했다.

"여기 있는 분들에게 노출됐잖습니까?"

팀장이 가짜 가족을 가리켰다.

"이 사람들한테 노출되다니요? 이 사람들이 바로 우리잖아요. 우리한테 우리가 노출됐다는 게 말이 돼요?"

오랜만에 아빠가 큰소리쳤다.

"이분들이 어째서 당신들과 같습니까? 여러분이 싫다고 버린 삶입니다. 계약서에도 우리에게 모든 걸 준다고 서명하셨잖아요."

팀장이 무섭게 밀어붙였다.

"빚뿐인 집이랑 낡아 빠진 물건들을 다 준다고 했지, 우리 삶까지 준다고 하진 않았어요."

엄마가 목소리를 높이자 팀장이 계약서를 들이댔다. 엄마는 눈을 깜빡이더니 인상을 찌푸렸다.

"이 작은 글씨 말하는 거예요?"

"읽어 보세요."

"최말희는 야반도주 회사에 이승에서 살아갈 인생을 모두 넘긴다."

"세 분 다 사인하셨고요. 우린 원하는 걸 드렸고, 여러분도 원하는 걸 받으셨습니다."

팀장이 계약서를 넘겼다. 찬영이 가족은 각자의 계약서

를 멍한 표정으로 바라봤다.

"이 말이 그런 의미였어? 그냥 가진 물건 다 넘긴다, 뭐 그런 의미인 줄 알았지."

아빠는 바보 같은 표정을 지었다.

"그러게. 계약서에 함부로 사인하면 패가망신한다니까."

엄마가 깊은 한숨을 내쉬며 거들었다.

"당신들은 이렇게 사는 게 싫다고 떠난 사람들입니다. 당신들이 하찮게 여긴 이 삶이 누군가에겐 얼마나 간절한 삶인지 아마 몰랐을 겁니다. 이제 당신들이 원하는 대로 살게 됐으니 그만 돌아가 주세요."

가짜 아빠가 찬영이 가족을 현관 쪽으로 밀었다.

"하지만 내가 원한 삶은 그런 게 아니었어요. 우리가 간 곳은 아무것도 안 해도 되지만, 그래서 아무것도 될 수 없는 곳이에요."

찬영이는 밀리지 않으려고 버텼다.

"넌 뭐가 되고 싶냐는 질문에 되고 싶은 게 없다고 썼잖아. 이제 와서 이러면 안 되지."

팀장이 찬영이의 설문지를 가리켰다.

"뭐가 되고 싶은지 정확히 아는 애들이 어딨어요?"

찬영이도 끝까지 물러서지 않았다.

"어쨌든 우린 양쪽 모두와 거래를 했고, 여기 계신 분들의 삶을 지켜야 할 의무가 있습니다. 그러니 이제 돌아가시죠. 점수에 따른 불이익은 돌아가서 이야기하겠습니다."

팀장이 단호하게 말했다. 엄마 아빠는 이러지도 못하고 저러지도 못한 채 눈치만 봤다.

"싫어. 난 안 돌아갈 거야. 인간도 아닌 게 내 흉내를 내고 있는데 어떻게 그냥 가?"

찬영이는 팔짱을 끼고 버텼다.

"저것들이 인간이 아니야? 내 그럴 줄 알았어. 그럼 대체 정체가 뭐야?"

엄마는 잡고 늘어질 꼬투리가 생기자 목소리를 높였다.

"나도 몰라. 근데 저 애 목에서 살가죽이 벗겨지는 걸 봤어."

찬영이가 가짜 찬영이를 가리켰다. 가짜 찬영이가 목을 감쌌지만, 엄마 손이 더 빨랐다. 가짜 찬영이의 목을 잡은 엄마가 비명을 질렀다.

"이거, 이거! 이거잖아."

엄마는 밑도 끝도 없이 가짜 찬영이를 가리키며 '이거'라고만 외쳤다.

"이거가 뭔데?"

아빠가 되물었다.

"우리가 만든 그거 말이야. 물컹하고 기분 나쁜 그거! 그게 피부였어?"

엄마는 가짜 찬영이의 피부를 힘껏 잡아당겼다.

“당신도 빨리 벗기지 않고 뭐 해.”

엄마의 외침에 아빠도 가짜 아빠의 얼굴을 잡아당겼다.

“으악! 이 느낌. 맞아. 우리가 지하에서 매일 반죽하던 거야.”

찬영이도 가짜 엄마의 팔을 잡아당겼다. 피부가 힘없이 벗겨져 바닥으로 스르륵 흘러내렸다.

"엄마야!"

찬영이 가족은 동시에 소리를 지르며 서로를 꼭 안았다.

피부가 벗겨진 가짜 가족은 희미한 형체만 남았다. 가짜 찬영이는 젊은 남자고, 가짜 아빠는 배 나온 남자, 가짜 엄마는 엄마보다 젊은 여자였다.

찬영이는 방금 본 게 뭔지 몰라 눈만 껌벅였다. 엄마 아빠도 입을 벌린 채 아무 말도 못 했다.

"내가 이럴 줄 알았다니까. 품질이 너무 안 좋아. 감촉도 별로고."

"제품 질에 신경 좀 써야 하는 거 아니에요?"

피부가 벗겨진 가짜 가족이 불만을 터뜨렸다.

"완벽한 인두겁을 만들려면 시간이 필요합니다. 인두겁에 저 사람들의 기운이 충분히 들어갈 시간 말입니다."

팀장이 찬영이 가족을 가리키며 변명했다.

"인두겁?"

엄마 아빠가 동시에 외쳤다.

"인두겁이 뭐야?"

찬영이가 놀라 물었다.

"사람 탈 같은 거야. 가죽이라고 해야 하나? 암튼, 우리가 우리 가죽을 직접 만들고 있었다는 거야? 저 가짜들한테 입히려고?"

엄마는 어이가 없는지 콧바람만 연신 내뿜었다. 덩어리의 정체가 늘 궁금했던 찬영이도 뒷골이 띵했다.

"저 사람들이 인두겁을 완성하기 전까지 쓸 인두겁도 품질이 좋아야죠. 이러다 사람들한테 들키겠어요. 어제도 갑자기 벗겨져서 얼마나 놀란 줄 알아요?"

가짜 찬영이는 떠올리기 싫은 듯 고개를 절레절레 흔들었다.

"완벽한 모습을 한 인두겁이 완성될 때까지 조심하는 수밖에 없습니다. 비상용 인두겁은 내일 총알 택배로 보내 드릴게요. 그럼 우리는 이만 가죠."

야반도주 팀장이 찬영이 가족에게 협박하듯 말했다.

"잠깐만요!"

찬영이가 양반다리로 앉아 팔짱을 꼈다.

"이게 다 무슨 소리인지 말해 주지 않으면 절대 안 갈 거예요."

엄마도 옳거니, 하고 찬영이 팔에 팔을 끼고 앉았다.

"이렇게 갈 순 없지. 당신도 빨리 붙어."

엄마가 아빠에게 고갯짓했다. 아빠도 찬영이 팔에 팔을 끼었다. 셋은 똘똘 뭉쳤다. 그냥은 물러나지 않겠다는 의지였다.

야반도주의 정체

초조해진 팀장은 입술을 씹으며 찬영이 가족을 노려봤다.

"그냥 말해 주고 빨리 데려가요."

가짜 찬영이가 팀장을 다그치자 팀장은 포기한 듯 관자놀이를 꾹꾹 누르며 입을 열었다.

"저승에는 죄를 씻고 구원받은 영혼 중에 환생을 원하는 영혼들이 있습니다. 다시 이승으로 돌아와 새 삶을 살기를 바라죠. 우리는 영혼 안내자입니다. 죽은 영혼을 저승으로 보내고, 환생을 원하는 영혼은 이승으로 보내는 거죠. 이 일은 아주 오랫동안 행해졌습니다."

팀장은 자부심 가득한 얼굴로 말했다.

"그럼 저 가짜들이 환생한 거예요? 우리 모습으로?"

"그건 환생이 아니지 않나?"

엄마 아빠가 말을 주고받으며 팀장 말을 잘랐다.

팀장은 눈을 감고 입술에 검지를 갖다 댔다. 조용히 하라는 손짓에 엄마 아빠는 입술을 말았다.

"그런데 변수가 생겼어요. 사람들이 죽질 않는 겁니다. 백 세 시대라나 뭐라나. 그 때문에 죽은 사람 저승 데려갈 일도 줄어들고, 아기들도 낳지 않아 영혼들이 환생할 자리도 점점 주는 거죠. 죽지도 않고 환생할 자리도 없으니 우리도 큰일이었죠. 우리 영혼 안내자도 안내할 영혼의 숫자를 채워야 저승에 갈 수 있으니까요. 그전까지 잘 돌아가던 완벽한 시스템이었는데 한 곳이 막히자 연쇄적으로 다 막혀 버리더군요. 그래서 만든 게 바로 야반도주. 자기 삶이 싫은 인간 자리를 환생하고 싶은 영혼에게 주는 겁니다. 새 생명으로 환생하기를 기다리다 지친 영혼들은 이렇게라도 이승으로 돌아오고 싶어 하니까요. 이 사업은 아무도 손해 보지 않는 완벽한 사업이라고 할 수 있습니다."

“그래서 이렇게 된 거구나. 사업 아이템 잘 잡으셨네.”

아빠가 인정한다는 의미의 고갯짓을 했다.

“아무도 손해를 보지 않는다니? 우리는 엄청 손해 본 거 같은데? 우리 기운 뺏어서 인두겁을 만들게 했으니 우릴 이용한 거잖아. 안 그래? 안 그래요?”

엄마는 억울함을 호소했다.

“복잡한 생각 하기 싫고, 걱정 없이 살고 싶은데 원하는 건 다 갖고 싶은 삶을 바라셨잖아요. 야반도주는 여러분이 원하는 삶을 드렸습니다.”

“우리 인두겁을 만들게 했잖아요.”

“어떤 일이든 시키면 한다. 그렇게 계약서에 쓰여 있습니다. 여러분의 인생이 걸린 문제였어요. 계약서를 꼼꼼히 보지 않은 건 여러분의 잘못이죠. 얻는 거만 생각하고 잃는 건 생각하지 않은, 바로 여러분이요.”

팀장이 눈도 깜빡이지 않고 하나하나 반박하자 엄마가 생떼를 부렸다.

“어떤 일이라도 자기 인두겁을 만드는 건 아니죠. 아, 몰라. 이건 불법이야.”

“하늘에 계신 분이 승인하신 합법적인 회사입니다.”

팀장과 엄마가 팽팽하게 맞서자 가짜 아빠가 불만을 터뜨렸다.

"이제 그만! 당신들 인생, 당신들이 싫다고 걷어찼잖아요. 그러니까 그만 돌아가요. 야반도주는 이 문제를 빨리 해결해 주고요. 저승에서 인기 폭발인 이 자리를 차지하려고 우리가 저승 밥까지 얹어 줬으면 서비스가 좋아야 하는 거 아니오."

"왜요? 왜 우리 자리가 인기예요?"

찬영이는 이해가 안 됐다.

"저승은 모든 게 갖춰져 있어서 이룰 게 없거든. 아무것도 하지 않으니까 성취감도 없고 뿌듯함도 없어. 기쁜 일도 없고 행복한 일도 없고 만족스러운 일도 없지. 무슨 말인지 알겠니?"

가짜 아빠는 침을 한번 삼키더니 말을 이었다.

"힘들게 얻어야 만족을 느끼고, 몸이 아파 봐야 건강이 귀중한 걸 깨닫고, 슬픔을 느껴야 기쁨도 느끼지. 그래서 너희 가족 자리는 서로 가고 싶어 해. 최악의 고난을 극복하면 최고의 만족을 느낄 수 있으니까."

가짜 아빠가 행복한 얼굴로 말했다. 아빠로 사는 게 만족

다음 후보입니다. 엄마는 사기꾼에 거짓말쟁이, 아빠는 겁보에 빚쟁이, 아들은 거짓말쟁이에 증거 인멸 시도….
저요, 저요, 저!
여러분, 질서를 지키세요.
우르르르

스러운 모양이었다.

가짜 아빠 얘기를 들어 보니 야반도주가 찬영이 가족을 데려간 곳도 저승과 다를 바 없었다.

딩동딩동!

초인종 소리에 야반도주 팀장의 얼굴이 흙빛으로 변했다. 가짜 가족도 당황했다.

"찬영이 엄마, 집에 없어? 불은 켜져 있는데."

"마트 여자야. 이 늦은 시간에 웬일이지?"

엄마가 아무렇지 않게 현관문을 열려고 하자 팀장이 재빨리 끼어들었다.

"들키면 알죠?"

"뭘 들켜요. 내가 나인 척하면 되는데."

엄마는 팀장의 호들갑에 핀잔을 줬다. 인두겁이 벗겨진 가짜 가족과 팀장은 소파 뒤에 숨었다.

"밤중에 왜?"

엄마가 문을 열었다.

"왜 이렇게 전화를 안 받아. 내일 아침 6시에 과수원 일. 자기 자리도 간신히 마련했어."

"6시? 너무 일러. 그 시간에 나가려면 5시에 일어나야 하는데 그때 어떻게 일어나."

엄마는 마트 아줌마를 빨리 보낼 생각은 안 하고 투정을 부렸다.

"할 수 있다고 부탁했잖아."

"부탁해도 그렇지. 그렇게 일하다간 죽어."

엄마는 마트 아줌마를 원망했다. 그 소리를 들은 가짜 엄마와 팀장의 얼굴이 점점 썩어 들어갔다.

"참 나, 요즘 밤낮으로 열심히 일해서 돈을 갚길래 사람이 변했구나, 잘해 줘야겠네 했더니, 내가 미쳤지. 먹을 건 왜 가져온 거야."

마트 아줌마는 손에 들고 온 나물 봉지를 주머니에 다시 욱여넣었다.

"일하기 싫으면 관둬."

마트 아줌마가 팽 하고 돌아가자 가짜 엄마가 고개를 떨궜다.

"내가 못 살아. 얼마나 어렵게 신뢰를 얻었는데 그걸 한 순간에 물거품으로 만드네."

"돈을…… 갚았나 보네……요. 왜 그랬을까? 그거 안 하려고 야반도주한 건데."

엄마가 눈치를 보며 중얼댔다.

"돈을 갚은 우리가 정상이지, 당신들이 정상이에요?"

가짜 엄마가 버럭 화를 냈다.

딩동.

또다시 초인종이 울렸다.

"송 씨, 나야."

남자가 문을 두드리며 아빠를 불렀다. 팀장이 아빠에게 빨리 나가 보라고 손짓했다.

아빠가 잔뜩 긴장한 얼굴로 문을 열었다. 작업복을 입은 남자가 서 있었다.

"어? 김 씨."

"이거 받아."

김 씨가 검은 봉지를 아빠에게 건넸다.

"오늘 다쳤잖아. 빚 갚을 거 많다고 백 원 쓰는 것도 벌벌 떠는데 약은 샀겠나 싶어서. 그거 바르고 내일 나와. 반장이 당신 성실해서 맘에 든대. 돈도 더 많이 줄 것 같더라."

김 씨 말에 소파 뒤에 숨어 있던 가짜 아빠가 좋아했다.

"건강해도 하루에 열 시간씩 일하면 병나. 몸도 돌봐야지. 그럼 푹 쉬어."

김 씨가 아빠 등을 두드리자 아빠가 쑥스러워했다. 김 씨가 갑자기 아빠의 오른손을 잡았다.

"근데…… 손이 멀쩡하네?"

"어?"

아빠가 놀라 손을 숨겼다. 소파 뒤에 숨어 있던 가짜 가족도 모두 긴장했다.

"오늘 못에 찔렸잖아."

"그, 그, 그게 그, 그, 그러니까…… 벼, 벼, 별로 크게 다치질 않아서……."

아빠가 말을 더듬으며 식은땀을 흘렸다. 김 씨가 아빠를 빤히 쳐다봤다.

"그런가? 그래도 혹시 모르니까 약은 챙겨 먹어."

김 씨는 가볍게 웃어넘기고 집을 나갔다. 가짜 가족과 팀장이 한숨을 내쉬었다. 아빠는 다리에 힘이 풀려 주저앉았다. 가짜 아빠가 아빠 땀을 쓱 만졌다.

"땀이 나네. 부럽구먼."

아빠가 가짜 아빠에게 작은 목소리로 말했다.

"열 시간이나 일했어요? 나도 일해 봤지만 한 시간도 힘들던데……."

땀이다~
이 짭조름한
맛…!

"힘들지만 버텨야죠. 일하고 돈 받으면 뿌듯하니까."

"그건 그래요. 그 기분 잘 알지."

가짜 아빠와 아빠가 서로를 도닥였다.

"누가 더 오기 전에 불부터 끕시다."

방문객의 등장에 넌더리가 난 팀장이 집 안의 불을 다 껐다. 집 안이 조용해졌다.

"저 그릇, 중고 거래에 팔았는데 여기 있네."

엄마가 결혼할 때 산 거라며 아꼈던 그릇이 찬장에 있었다. 엄마가 반가워하며 그릇을 꺼내자 가짜 엄마가 그릇을 뺏어 소매로 닦았다.

"중고에 팔 때 쓴 그릇 사연이 하도 구구절절해서 다시 샀어요. 그 사연도 이젠 내 거예요."

가짜 엄마가 단호하게 말했다. 엄마는 아쉬운 표정을 애써 감췄다.

"소명이는 내 친구야."

찬영이가 가짜 찬영이에게 경고를 날렸다.

"그럼 친구를 지켰어야지. 이젠 내 친구야."

가짜 찬영이는 단호하게 말했다. 둘은 서로를 노려보며 기 싸움을 했다.

"트럭이 곧 노착한답니다. 갈 준비 하시죠."

팀장이 일어났다.

"난 안 갈래요. 계약서를 다 이해하지 못하고 사인했어요. 그럼 무효잖아요."

찬영이가 떼를 쓰자 팀장이 무섭게 노려봤다.

"네가 싫다고 버린 삶, 누가 가지든 무슨 상관이야. 네가 그랬잖아. 남이 버린 건 가져도 된다고."

찬영이는 침을 꼴깍 삼켰다. 팀장이 뭘 말하는지 짐작이 갔다. 열쇠고리. 찬영이는 남이 버린 열쇠고리는 누가 갖든 상관없다고 말했다.

"우리의 계약에 무효는 없습니다. 감점에 따른 판결은 있지만요."

팀장은 비열한 미소를 지었다.

판결

찬영이 가족은 야반도주 트럭 짐칸에 올라탔다. 엄마, 아빠, 찬영이는 따로따로 앉아 침묵했다.

"이건 말도 안 돼. 저긴 우리 집이야. 집에 그냥 있었어야지. 순순히 트럭을 타면 어떡해?"

찬영이가 엄마 아빠를 원망했다.

"거긴 이제 우리 집이 아니야."

어깨를 축 늘어뜨린 엄마가 말했다.

"가구나 물건은 그대론데 느낌이 달라. 왠지 낯설어. 이제 우리 집은 저 영혼들 집이 된 것 같아."

아빠도 무기력하게 말했다.

"하다 하다 이젠 저승에서 온 영혼에게까지 집을 뺏기고, 팔자 참 기구하네."

엄마는 신세를 한탄했다.

"그나마 우리 사는 게 그들한테 인기가 많은 게 위로가 되네. 그치?"

아빠는 그 와중에도 긍정적인 부분을 찾아냈다.

"그만! 진짜 안 돌아갈 거야?"

찬영이는 속이 터졌다.

"깜짝이야. 말했잖아. 거긴 이제 우리 집이 아니라고."

엄마가 귀를 막고 찬영이를 노려봤다.

"빚을 갚기 싫은 건 아니고?"

찬영이는 엄마 아빠가 비겁하게 피한다고 생각했다.

"얘 좀 봐. 보자 보자 하니까 못 하는 말이 없네."

엄마가 발끈하자 아빠가 찬영이를 감쌌다.

"찬영이한테 왜 그래. 틀린 말도 아닌데."

"그렇게 잘 아는 양반이 왜 이 꼴을 만들었을까? 당신만 잘했으면 야반도주도 안 하고, 집도 안 뺏겼을 거 아냐."

"이게 다 내 탓이야? 당신이 주식만 안 했어도 이렇게 되진 않았어."

아빠가 건드리지 말아야 할 걸 건드리고 말았다. 엄마의 눈꼬리가 올라가고 분위기가 한순간에 살벌해졌다.

"내가 주식을 왜 했는데! 우리 세 식구 폼 나게 살아 보려고 한 거잖아. 월급이 쥐꼬리만 해서 꿈도 못 꾼 찬영이 학원도 보내고 여행도 가려고 했다. 왜?"

"그래도 빚은 지지 말았어야지. 빚을 졌으면 착실히 일해서 갚든지."

"매일 여기 아프다, 저기 아프다 징징대며 일하기 싫다고 한 사람이 누군데!"

"욕심은 많아서 일을 여기까지 벌여 놓고 야반도주하자고 한 사람이 누군데!"

두 사람은 팽팽히 맞서며 서로에게 잘못을 미뤘다.

"둘 다 그만해요."

찬영이는 엄마 아빠를 한심하게 쳐다봤다.

"너도 할 말 없어. 야반도주 스티커는 네가 가져왔잖아. 우리가 하자고 해도 말렸어야지."

"맞아."

이젠 엄마 아빠가 한편이 되어 찬영이한테 화살을 돌

렸다.

"너도 도망가고 싶어서 야반도주에 찬성했잖아. 안 그래? 근데 왜 우리 탓만 하는 거야?"

"맞아."

엄마 아빠가 힘을 합쳐 찬영이를 몰아세웠다. 찬영이는 진짜 엄마 아빠가 맞는지 의심이 들었다.

"맞아, 나도 잘못한 게 있어서 도망가자고 했어. 이제 됐어? 우리 셋 다 남 탓만 하고 책임 안 지는 건 완전 똑같아."

찬영이가 진실을 말하고 잘못을 뉘우치자 엄마 아빠도 잘못을 인정했다.

"가족이니까 똑같지. 누구 하나라도 똑똑했으면 여기까지 왔겠어?"

"우리가 좀 비슷하지. 그러니까 여기까지 왔지."

엄마 아빠가 어깨를 툭툭 건드리며 키득거렸다. 둘의 모습에 기가 찼지만, 찬영이도 그냥 웃었다.

"이리 와."

엄마가 찬영이를 불렀다. 찬영이는 가기 싫은 척 몸을 꼬며 엄마에게 안겼다. 셋은 서로를 끌어안으며 다시 한 덩어리가 됐다.

덜컹
덜컹
쉿…. 쉿….
엄마….

EXIT
아빠 도와

"우린 이제 어떻게 될까?"

"지금은 그냥 이러고 있자."

아빠의 걱정을 엄마가 막았다. 찬영이도 엄마의 의견에 찬성했다.

트럭이 멈추고 문이 열렸다. 주차장이 보였다.

"집이 아니네. 불길하지?"

엄마가 입술을 움직이지 않고 작게 말했다.

"따라오시죠."

찬영이 가족은 찬영이가 도망쳤던 통로로 들어가 미로 같은 복도를 걷고 또 걸었다.

팀장이 복도에 늘어선 문 하나를 열고 들어갔다. 벽에 모니터가 가득 붙어 있는 관제실이었다. 검은 양복을 입은 영혼 안내자들이 모니터링하고 있었다.

모니터는 찬영이 가족이 살았던 이층집 내부, 정원, 뒤뜰, 지하 작업실, 계단, 주택가 곳곳을 비췄다. 수많은 이층집 내부가 보였고, 집에는 가족이 살거나 혼자 살기도 했다. 모두 자신의 삶을 책임지지 않고 도망친 사람들이었다.

"우리를 전부 보고 있었어."

찬영이는 기겁했다.

팀장이 관제실과 연결된 문을 열었다. 단상이 있는 방이었다.

“곧 판결이 내려질 겁니다. 여기서 기다리세요.”

“우린 어떻게 되나요?”

배짱 좋은 엄마도 걱정이 되는지 팀장 옷을 잡아당기며 불쌍한 얼굴로 물었다.

“점수를 너무 많이 잃었습니다. 가망이 없어요. 그럼.”

팀장이 엄마의 손을 쌀쌀맞게 뿌리치고 나갔다.

“인정머리가 눈곱만치도 없네. 우리를 위해 뭘 해 줄 인간이 아니야.”

엄마가 문을 향해 발길질했다.

“인간이 아니라잖아. 뭐라고 했지?”

아빠가 찬영이에게 물었다.

“영혼 안내자.”

“안내자는 무슨. 순 사기꾼이지. 무슨 팀장이니 팀원이니 하니까 진짜 회사인 줄 알았잖아.”

엄마는 팔짱을 끼고 투덜댔다.

배에서 꼬르륵 소리가 날 때쯤 팀장이 들어왔다.

팀장이 찬영이 가족을 단상 위에 세웠다. 찬영이는 마른 침을 꼴깍 삼키고 엄마 아빠 손을 잡았다. 엄마 아빠도 찬영이가 잡은 손에 힘을 줬다. 팀장이 판결문을 읽었다.

"신분 노출 이만 삼천 점 감점. 야반도주가 제공한 장소에서 벗어난 것 삼천 점 감점. 살던 곳으로 돌아간 것 오천 점 감점. 이 밖에 자잘한 규칙을 어겨서 도합 사만 오천삼십 점 감점. 지금까지 이런 점수는 없었는데요. 너무 이례적인 일이라 저희도 고민을 참 많이 했습니다."

찬영이 가족은 팀장의 검은 입술만 바라보며 마른침을 삼켰다.

"여러분을 야반도주 뒤치다꺼리 자리에 배정하기로 했습니다. 인두겁 작업도 계속하실 겁니다. 따라오시죠."

가족은 다시 복도를 걸었다. 팀장이 문 하나를 열자 좁은 방이 보였다.

아무것도 없는 방에는 오직 작업복과 청소 도구만 있었다.

뒤치다꺼리

찬영이 가족은 가구 하나 없는 방을 둘러보고 또 둘러봤다. 정말 아무것도 없었다.

"여기가 어디예요? 집엔 안 가요? 우리, 배도 고픈데."

분위기 파악 못 한 아빠가 순진한 질문을 했다.

"빨간 불이 켜지면 천장에서 계단이 내려올 겁니다. 그 계단을 올라가서 일하시면 됩니다. 일을 안 하면 아무것도 얻지 못합니다."

팀장은 자기 할 말만 했다. 가족은 어리둥절한 표정을 지었다.

"무슨 일요? 뭘 얻어요? 계단이요?"

엄마는 팀장한테 숨차게 물었다.

"이제 공짜로 얻는 건 아무것도 없습니다."

팀장은 냉정하게 말했다. 그때 천장에 달린 램프가 빨간 불을 내뿜으며 사이렌 소리를 냈다. 귀가 아플 정도로 시끄러웠다.

"여러분은 이제 뒤치다꺼리입니다. 인간에게 들키면 감점입니다. 일을 완벽하게 하지 않아도 감점입니다. 물건을 훔쳐도 감점입니다. 하지만 일을 성실하게 하면 가산점이 붙습니다. 더 좋은 삶을 원하신다면 열심히 일하세요. 따라오세요."

팀장이 속사포처럼 말을 끝내자마자 천장에서 계단이 내려왔다. 팀장이 앞장서 올라가자 천장에서 문이 열렸다. 그리고 부엌이 나왔다.

설거지 더미와 어질러진 거실이 보였다. 예전에 찬영이가 살던 이층집과 상황이 똑같았다.

"사람들이 일하러 간 사이에 말끔히 치우세요. 어떻게 치워야 하는지 짐작 가시죠?"

팀장의 한쪽만 올라간 입꼬리가 쌤통이라고 말하는 것

같았다.

찬영이가 살던 이층집은 아무리 어질러 놓아도 막 이사 온 듯 깨끗하게 치워져 있었다. 어질러 놓고 치울 걱정을 안 해 좋았고, 누가 치우는지 궁금해하지도 않았다.

"그럼 우리 집도 이렇게 치운 거야?"

엄마도 생각 안 한 건 마찬가지였다.

"저절로 치워지진 않았겠죠."

팀장은 차분하게 비아냥댔다.

"진짜 어이가 없네. 이걸 왜 우리가 해? 저지른 인간이 해야지."

엄마가 억울해하며 따져 물었다.

"저질러 놓고 해결하지 않는 무책임한 삶을 살던 분이 할 말은 아니군요. 벌점을 더 받고 싶지 않으면 서두르세요."

"저기요."

찬영이가 밑으로 내려가려는 팀장을 불렀다.

"우리 도와준…… 야반도주 팀원이요. 왜 안 보여요?"

"벌을 받고 있습니다. 당신이 약속을 안 지킨 대가죠. 약속도 책임인데 말입니다."

빨간 불이 켜지면
천장에서 계단이
내려올 겁니다.
삐뽀
삐뽀
삐뽀
삐뽀
덜컹
청소도구 챙겨서
따라오세요.
사람들이 일하러
간 사이 말끔하게
치우세요.

팀장의 말이 찬영이 머릿속을 차갑게 훑고 지나갔다. 정신이 번쩍 들었다.

"아유, 짜증 나. 요즘 누가 이걸로 청소해? 청소기를 줘야지."

엄마가 빗자루를 집어 던졌다.

찬영이는 엄마가 던진 빗자루로 바닥을 쓸었다. 반나절 동안 너무 많은 일이 생겼고, 그게 모두 자신이 저지른 일을 해결하지 않아 벌어진 일이라 부끄러웠다.

찬영이가 청소하자 엄마도 군말 없이 걸레질을 하고, 아빠는 설거지를 했다. 일 끝나는 시간이 다가오자 손과 발이 빨라졌다. 간신히 일을 마친 가족은 지하방으로 돌아왔다.

"팔 떨어지겠네."

"아이고, 허리야."

엄마 아빠가 곡소리를 냈다. 찬영이는 아파도 아무 말 안 했다.

"안 아파?"

엄마가 찬영이를 찌르며 물었다.

"마음이 더 아파. 우리, 여기서 열심히 일하면 장미 빌라로 돌아갈 수 있을까?"

찬영이는 입술을 깨물며 간신히 눈물을 참았다.

"이러고 사느니 돌아가는 게 낫겠지만 계약 조건에 돌아가는 건 없으니까. 나도 모르겠다."

아빠는 늘 모른다는 말만 했다.

"아빠는 왜 맨날 몰라? 생각해 보면 되잖아. 될 대로 돼라 하지 말고 방법을 생각해야지. 우리 일이잖아. 남의 일 아니잖아."

찬영이가 울먹였다.

"왜 울어? 이럴수록 정신 똑바로 차려야지. 배고프다. 뭐 좀 먹으면서 생각하자."

엄마는 방문 앞에 놓인 그릇 뚜껑을 열었다.

초라한 주먹밥을 본 가족은 짧은 감탄사를 내뱉은 뒤 꾸역꾸역 먹었다. 꿀맛이었다.

밥을 다 먹은 가족은 멀뚱멀뚱 천장만 봤다.

"오랜만에 생각하려니까 뭐부터 생각해야 할지 모르겠네. 청소도 다 해 주고, 냉장고도 그득그득 채워져 있어서 생각할 필요도 없었는데. 그때가 참 좋았어."

엄마는 이층집에서 살 때를 그리워했다.

"생각 없이 사는 게 좋아?"

찬영이가 한심한 눈빛으로 엄마를 쳐다봤다.

"때때로 생각 없이 사는 것도 좋아."

아빠가 벌렁 누우며 말했다.

"그거야 생각을 많이 하는 사람이 쉴 때 할 수 있는 말이지. 우린 계속 생각 없이 살았잖아. 그래서 여기까지 온 거고."

정곡을 찌르는 찬영이의 말에 엄마가 입술을 비죽였다.

"넌, 애가 왜 그렇게 부정적이니? 알았어. 알았다고. 이제부터 머리 터지게 생각해 보자고. 당신도 빨리 일어나서 생각해."

엄마는 아빠를 일으켜 관자놀이에 손가락을 갖다 댔다.

팀장이 방문을 열었다.

"일하러 갈 시간입니다."

"졸린데 한숨 자고 가면 안 돼요? 지금 몇 시예요?"

엄마의 투정에 팀장 입술이 비틀어졌다.

"일할 시간입니다. 일을 안 하면 아무것도 얻을 수 없어요. 지금까지는 참 편하게 산 거죠."

팀장의 말끝에 비난하는 기색이 역력했다. 기분 나쁘지만, 팀장을 무시할 순 없었다.

찬영이 가족은 다시 지하 일터로 내려가 이제는 제법 피부 같은 감촉의 덩어리를 반죽했다.

손가락 사이로 물컹한 덩어리가 삐져나올 때마다 소름이 돋았다. 전에는 몰랐는데 한 번 치댈 때마다 손끝에서 뭔가가 빠져나가는 기분이 들었다.

“벌써 피곤해. 지금 이게 우리 기운 뺏는 거지? 그걸 알면서도 계속해야 해? 아휴, 짜증 나.”

엄마가 덩어리를 탁자에 던졌다.

“안 하면 아무것도 안 준다잖아. 난 벌써 배고파. 그냥 하자.”

아빠가 칭얼대며 덩어리를 치댔다.

“잠깐만, 아빠.”

찬영이는 아빠 손을 잡고 의미심장한 표정을 지었다.

“당장 필요한 걸 얻겠다고 야반도주가 시키는 대로 하는 건 말이 안 돼. 우리, 인두겁을 완성시키지 말자.”

찬영이가 진지하게 말했다. 엄마가 고개를 갸웃했다.

“좋은 생각이긴 한데 무슨 수로? 분명 야반도주는 우리한테 계속 일을 시킬 텐데.”

엄마 말도 맞았다. 찬영이는 입술을 앙다물고 골똘히 생각했나.

“우리가 인두겁 만들고 돌아올 때는 몸에 기운이 하나도 없고, 머리도 텅 비는 것 같았잖아. 기억나?”

“이게 우리 기운을 뺏어서 그런 거잖아.”

엄마가 손에 붙은 인두겁 덩어리를 들어 보였다.

“몸의 기운을 뺏기는 건 어쩔 수 없어도, 머릿속은 우리가 정신만 똑바로 차리면 못 뺏지 않을까?”

찬영이가 희망에 찬 얼굴로 말했다.

“글쎄, 정신을 똑바로 차리는 게 어떤 건데?”

아빠가 어깨를 으쓱했다.

“뭐긴 뭐야. 생각 없이 시키는 대로만 일하지 말고 생각을 좀 하자는 거지. 어쩌면 우리가 생각 없이 살아서 더 잘 뺏겼는지도 몰라. 난 찬영이 말에 찬성. 밑져야 본전이니까 한번 해 보자.”

엄마가 손을 들자 아빠도 소심하게 손을 들었다.

“나도 좋아. 근데 인두겁이 완성 안 되면, 우리는…… 우리는 제자리로 돌아갈 수 있나?”

“됐어. 뒷일은 나중에 생각하자. 지금은 일을 안 하면 굶으니까 정신 똑바로 차리고 일하자. 우리 생각이 맞으면 인

인두겁이 완성되면
우린 영영 예전으로
돌아갈 수 없을 거야.
나라도
정신을 차렸으면
이 지경이 됐을까?
여보…,
나 생각이 안 나.

두겁이 완성되지 않겠지. 모두 오케이?"

엄마의 구령에 찬영이와 아빠가 네! 라고 대답했다.

셋은 각자 덩어리를 치대면서 생각했다. 우리가 왜 이렇게 됐는지, 뭘 어떻게 해야 하는지. 그리고 가족 흉내를 내는 영혼에 대해. 계속계속 생각하고 생각했다, 생각을 뺏기지 않으려고.

생각에 빠져 있다 보니 시간이 순식간에 지났다. 팀장이 그들을 다시 지하방으로 데려갔다.

찬영이 가족이 사는 방은 창문이 없어서 낮인지 밤인지 알 수 없었다. 그저 팀장이 오면 그를 따라 일을 하러 갔고, 램프가 울리면 올라가 일했다.

램프는 수시로 울렸다. 잠을 자다가도 울리면 올라가 일했다. 일이 힘들어 돌아오면 녹초가 됐다.

"장미 빌라 살 때 이렇게 일했으면 집을 샀겠다."

아빠가 한마디 남기고 잠들었다.

"내가 하고 싶은 말이었어."

엄마도 곯아떨어졌다.

"여길 나갈 수만 있다면 집은 없어도 돼."

찬영이는 잠꼬대를 했다.

찬영이 가족은 정신을 놓지 않으려고 지금 당장 하는 일에 집중했다.

"내가 생각해 봤는데 옷을 이렇게 걸면 시간이 훨씬 줄어."

"2층은 나 혼자 힘들어. 다음엔 아빠가 올라가고, 엄마랑 내가 1층 할게."

"그건 올라가서 상황 보고 결정하자."

"그거 알아? 정원의 식물이 50종류가 넘어. 나중에 여길 나가면 식물을 키워 보고 싶어."

아빠는 나중에 뭘 할 건지에 대해 말했다. 문손잡이를 고쳤을 땐 뿌듯해하며 수리공이 되고 싶다고도 했다.

"깨끗하게 치우니까 보기 좋더라. 나도 나중엔 잘 치우면서 살고 싶어졌어."

엄마도 아빠 못지않게 나중에 할 일들을 말했다.

"찬영아, 넌 뭘 하고 싶어?"

엄마 아빠의 질문에 찬영이는 망설이지 않고 말했다.

"내가 저지른 일은 내가 직접 해결하고 싶어."

그리고 소명이를 만나고 싶었다.

알 수 없는 인생

찬영이 가족은 매일 아침 일찍 일어나 작업복과 청소 도구를 챙기고 램프가 울릴 때를 기다렸다.

어느 날, 기다리던 램프 소리 대신 팀장이 찾아왔다.

"당장 옷을 갈아입고 따라오세요."

찬영이 가족은 영문도 모른 채 팀장을 따라갔다.

"어디 가는 거예요? 오늘 우리 할 일이 많은데."

엄마는 계획에도 없는 일에 귀찮아했다.

"오늘 우리, 빨래 빨리 개기 시합도 할 거잖아."

찬영이는 시합에서 이기려고 빨리 개는 방법을 몇 가지

나 생각했다.

“지금 그게 중요한 게 아니에요.”

늘 침착하던 팀장이 뭔가에 쫓기듯 조바심을 냈다.

“우린 지금 그게 제일 중요해요.”

아빠도 빨래 개는 방법을 한참 연구했다. 주먹밥 내기라 모두 최선을 다했다.

“가면서 말씀드리겠습니다. 어서 타세요.”

팀장은 가족을 주차장으로 데려와 트럭에 타라고 재촉했다. 엄마는 트럭에 타지 않고 거드름을 피웠다.

“할 일이 많은데 어딜 가요? 오늘 일을 못 하면 밥은 어떡해? 굶어? 누가 대신 일해 주는 것도 아니고, 일해야 먹고사는데 이렇게 허락 없이 우리 시간을 뺏으면 안 되지.”

“가면서 말씀드리겠습니다.”

팀장의 애원에 가족은 못 이기는 척 트럭에 탔다. 짐칸이 아닌 보조석이었다.

“뭔 일이래?”

엄마가 입을 삐죽였다.

“급한 일인 것 같지? 어디 청소할 데라도 생겼나? 이제 청소는 아주 잘할 자신이 있는데.”

아빠가 자신 있는 표정을 지었다.

"그건 나도 그래. 어디에 데려다 놔도 청소는 자신 있어."

엄마는 신나서 맞장구쳤다.

"나도."

찬영이도 말을 보탰다. 방 청소는 끔찍하게 싫었지만, 청소한 뒤의 개운함을 안 이상 더러운 방을 보고 그냥 넘어갈 순 없었다.

트럭이 출발하자마자 팀장이 심각한 표정을 지었다.

"여러분, 여러분의 자리로 환생한 영혼들의 정체가 들통나기 직전입니다."

"들켜요? 누구한테요?"

찬영이가 물었다.

"여러분의 이웃들한테요."

"우리 이웃? 이웃 누구?"

"혹시 그중에 소명이도 있어요?"

찬영이가 기대하며 물었다.

"제일 심각하지. 완전히 네가 아니라고 믿고 있거든."

찬영이는 역시 소명이라고 생각했다.

"그들이 들키면 어떻게 되는데요?"

"이 사업은 들키는 순간, 끝장입니다. 인간에게 들키면 저승과 이승의 질서가 무너져 사업을 접어야 해요. 우리도 저승 가는 길이 막히고요."

당당하던 팀장의 기가 팍 죽어 목소리가 기어들어 갔다.

"환생하려고 줄을 길게 섰다면서요. 다음 환생할 영혼들에게 우리 자리 넘기면 되겠네."

엄마는 거만한 자세로 이죽거렸다.

"그럴 수 있으면 우리도 그렇게 했지요. 설문지 보고 공부할 시간도 없고 한 번 쓴 인두겁은 재활용이 안 돼요. 게다가 여러분의 인두겁은 아직 완성되지 않았잖아요. 이상하게 여러분의 인두겁은 완성이 늦어지고 있어요."

팀장은 이해할 수 없다는 표정을 지었다. 찬영이 가족은 서로를 보며 피식 웃었다.

"근데 어쩌다 들키게 된 거예요?"

"영혼들이 살아 있을 때의 버릇이 나온 거죠. 술 좋아하던 버릇 나와서 술 먹다 의심받고, 비린 생선 먹다 의심받고, 보물 상자 못 찾아 의심받고. 에휴, 죽기 전 삶이랑 지금 삶이랑 헷갈려서 딴소리하니까 의심을 살 수밖에요. 원래 완성된 인두겁을 쓰면 예전의 기억을 전부 잊는데 인두겁

새 인생의 동반
야반도
123-456
꺄아악~!
부릉 부아아앙
끼익
새 인생의 동반자
야반도주
123-4567
엄마야~!

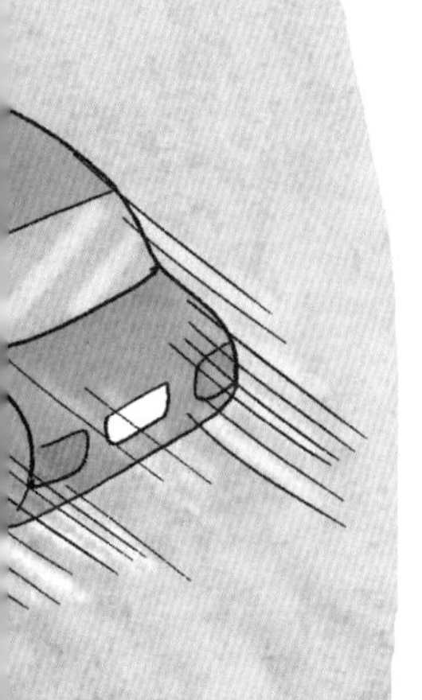

이 자꾸 늦춰지니까 들통난 거죠."

"난 술 못 마시는데."

아빠가 어깨를 으쓱했다.

"나도 비린 건 아주 싫어."

엄마가 온몸을 떨며 진저리 쳤다.

"그럼 우린 뭘 하면 되죠?"

"여러분은 다시 자기 자리로 돌아가시면 됩니다."

팀장의 말에 가족은 환호성을 질렀다.

"우리가 해냈어. 해냈다고."

찬영이는 심장이 터질 듯이 좋았다. 인두겁을 완성하지 말자고 했지만, 그 계획이 성공할지는 자신 없었다. 찬영이가 손바닥을 내밀었다. 엄마 아빠가 찬영이 손바닥을 치며 하이 파이브를 했다.

"잠깐만! 그냥 맨입으로? 망할 뻔한 회사를 우리가 살리는데?"

엄마가 다리를 꼬고 거만하게 팀장을 꼬나봤다.

"뭘…… 뭘 원하시나요?"

팀장이 당황해 말을 더듬었다.

엄마 아빠가 눈을 맞추고 입 모양으로 돈 얘기를 했다. 찬영이는 엄마 아빠 입을 손바닥으로 막았다.

"우리가 쓰던 물건 하나도 빠짐없이 그대로 넘겨주는 게 우리 조건이에요."

찬영이가 먼저 선수 쳤다. 엄마 아빠는 기막혀했지만, 찬영이 의견에 반대하지는 않았다. 가족은 다시 한번 하이 파이브를 했다.

트럭 문이 열렸다. 동네 입구였다.

"시간이 없어요. 서두르세요. 지금 이웃들이 몰려와 집에서 꼼짝 못 하고 있어요."

팀장은 찬영이 가족을 재촉했다.

찬영이 가족은 장미 빌라로 달려갔다.

마트 아줌마, 3층 할머니, 부동산 아저씨, 소명이, 김 씨가 빌라 앞에 서 있는 모습이 보였다. 찬영이 가족과 팀장은 담벼락 뒤에 숨어 그들이 하는 소리를 들었다.

"같이 밥을 먹는데 생선 뼈를 혀로 바르더라고. 해산물이라면 냄새도 싫어하던 여자가."

"이 집 남자, 알코올 냄새만 맡아도 얼굴이 벌게졌는데, 아예 술을 들이붓더라고."

"성격 달라진 건 그렇다 쳐도 취향이 그렇게 한순간에 바뀔 수 있나?"

"찬영아, 찬영아, 너 안에 있지?"

소명이가 찬영이 집 문을 두드렸다. 집 안에선 아무 소리도 들리지 않았다.

"그래도 취향이 달라졌다고 이렇게 몰려와서 따지는 건 이상하지 않나?"

부동산 아저씨가 고개를 갸웃했다.

"취향뿐만이 아니야. 어제 송 씨 손을 잡는데 뭔가 싸한 게 사람 손 같지 않았어. 그리고 송 씨 몸에 다른 사람이 들어간 것처럼 딴소리를 막 하더라니까."

김 씨가 팔짱을 끼고 심각하게 말했다.

"찬영이 엄마도 그랬어. 매일 보는 사람도 딴 이름으로 말하질 않나, 팔던 물건값도 까먹고. 가끔 입술이 안 움직이는지 말도 제대로 못 해. 진짜 이상해."

마트 아줌마가 인상을 쓰며 고개를 흔들었다.

"너는, 너도 찬영이가 변한 것 같다며?"

소명이 엄마가 소명이에게 물었다.

"지금 찬영이는 찬영이 같지 않고 너무 낯설어요. 꼭 대학생 형이랑 말하는 것 같아요."

소명이는 속상해했다.

"혹시 어디 아픈 거 아니야?"

3층 할머니가 찬영이 가족을 걱정했다.

"아프면 병원에 데려가야지. 빚 갚는다고 병원도 안 갈 텐데. 사람이 먼저지, 돈이 먼저는 아니잖아."

부동산 아저씨 말에 사람들이 고개를 끄덕였다. 가짜 아빠 말처럼 이웃들은 찬영이 가족을 걱정하고 있었다. 얘기를 듣고 있던 찬영이 가족은 양심에 찔렸다.

"아무튼 이 집에 있는 가족이 찬영이 가족이 맞는지 확인부터 하자고요."

마트 아줌마가 적극적으로 나섰다.

"어떻게 확인을 해?"

"그거야 모르지만…… 얼굴 가죽이라도 확 벗겨 보지 뭐."

마트 아줌마 말에 사람들이 고개를 끄덕였다. 마트 아줌마가 사람들의 동조에 힘을 얻어 초인종을 눌렀다.

더는 기다릴 수 없었다. 엄마가 먼저 담벼락 뒤에서 나와 소리쳤다.

"다들 우리 집 앞에서 뭐 하는 거예요?"

엄마는 아무 일도 없다는 듯 사람들 앞에 나타났다.

"소명아."

찬영이도 담벼락 뒤에서 달려 나와 소명이를 안았다.

"어? 이상하네. 찬영이 너, 집으로 들어가는 거 내가 봤는데."

소명이가 놀라 찬영이와 집을 번갈아 봤다.

"이 여자가 왜 밖에 있어? 나도 집에 들어가는 걸 봤는데. 남편이랑."

마트 아줌마도 밖에 있는 엄마 아빠를 보고 깜짝 놀랐다.

"우리가 집에 왜 있어요? 여기 밖에 있는데."

엄마, 아빠, 찬영이가 눈앞에 보여도 사람들은 의심을 거두지 않았다.

"나도 봤어. 집으로 들어가는 거. 헉! 그럼 집에 있는 건 뭐야? 도둑이야?"

3층 할머니가 눈을 동그랗게 뜨고 찬영이 집 창문을 쳐다봤다.

"무슨 도둑이에요. 우리가 안으로 들어가서 확인해 볼게요. 여기들 계세요."

엄마 아빠가 현관문 손잡이를 잡았다. 그러나 열쇠가 없어 들어갈 수 없었다. 이웃들이 뒤에서 쳐다보고 있어 초인종을 누를 수도 없었다.

"우리예요. 열어 주세요."

찬영이가 문틈에 대고 속삭였다. 문이 스르르 열렸다.

"넌 들어가지 마. 도둑이면 어떡해."

소명이가 찬영이 손을 잡았다. 찬영이는 괜찮다고 눈짓을 보낸 뒤 엄마 아빠와 함께 집으로 들어갔다.

인두겁을 쓴 가짜 가족이 슬픈 얼굴로 찬영이 가족을 맞았다. 집에 돌아오는 게 신나 그들의 마음을 헤아리지 못한 찬영이는 뜨끔했다.

"이제 여기서 나가면 어떻게 돼요?"

찬영이가 가짜 찬영이에게 물었다.

"우리가 계약을 어겼으니 다시 돌아가야 해."

영혼들도 신분이 들키면 안 되는 규칙이 있는 모양이었다.

아빠가 가짜 아빠 손을 잡았다. 둘은 말없이 서로를 바라봤다. 엄마도 찬영이도 가짜 엄마와 가짜 찬영이를 말없이 바라봤다. 찬영이 가족의 삶을 간절히 원했던 영혼들이 짠하고 미안했다.

"잘 살게요."

찬영이가 가짜 찬영이에게 말했다. 엄마 아빠도 가짜 엄마 아빠에게 "잘 살게요."라고 말했다.

슬픈 표정을 짓던 영혼들의 얼굴에 미소가 번졌다. 자기들이 그토록 간절히 원했던 삶을 잘 살겠다고 하니 마음이 놓이는 모양이었다. 가짜 가족이 찬영이 가족을 향해 고개를 끄덕였다. 떠날 시간이었다.

엄마 아빠가 문을 활짝 열고 보란 듯이 사람들에게 외쳤다.

"대체 집에 누가 있다는 거예요? 모두 들어와 보세요. 빨리. 확인시켜 줄게요."

사람들이 우르르 찬영이 집으로 들어갔다. 그사이 창문으로 인두겁을 벗은 가짜 가족이 안개처럼 스르륵 나왔다.

찬영이는 마지막까지 그들을 배웅하고 싶어 밖으로 뛰쳐나왔다. 하지만 영혼들은 이미 야반도주 팀장과 함께 사라지고 없었다.

"저거…… 저거, 방금 너희 집에서 뭐가 나가는 거 봤어?"

밖에 있던 소명이가 영혼들을 봤는지 말을 더듬었다.

"쉿! 내가 나중에 말해 줄게."

소명이에게는 모든 비밀을 말해 주겠다고 약속했다. 소명이한테는 그래도 될 것 같았다.

밖에서 서성이던 사람들은 집 안으로 뛰어 들어와 찬영이 가족만 있는 걸 확인했다. 마트 아줌마는 엄마 몸을 이리저리 만져 보며 확인했고, 김 씨도 아빠 손이 멀쩡한 걸 확인하고서야 발길을 돌렸다. 모든 게 제자리로 돌아왔다.

"찻잔은 이곳이 아니라 여기다 둬야지."

엄마는 투덜대며 배치가 달라진 살림들을 옮겼다.

아빠는 내일부터 일을 나가야겠다며 작업복을 빨았다.

찬영이는 내일 학교에 갈 가방을 챙겼다. 제일 먼저 희준이한테 사과할 생각이다. 희준이는 사과를 두 번 받겠지만 찬영이는 처음이다. 직접 사과할 수 있어 다행이었다.

아무도 모르게 이사해 드립니다
새 인생을 설계해 드립니다.
이사 전문 업체
야반도주
123-456-7890

작가의 말

초기화하시겠습니까?

지금 여러분에게 힘든 과정 없이 뭐든 한 방에 해결되는 버튼이 있으면 어떨까요?

공부 안 해도 교과서 내용이 머리에 다 입력되는 버튼.

대학 입시 거치지 않고 눈 깜짝할 사이에 성공한 어른이 되는 버튼. 그리고 모든 걸 초기화시키는 버튼.

저는 어린 시절, 초기화되는 리셋 버튼을 간절히 원했던 적이 있었어요.

친구랑 싸우고 사과하기 싫거나

아주 비싼 물건을 망가뜨렸거나

벌여놓은 일을 수습하기 힘들거나

시험을 완전히 망쳤을 때 말이에요.

복잡한 과정 없이 꾸욱 누르기만 하면 모든 게 아무 일도 일어나지 않았던 처음으로 돌아가는 거죠. 손가락이 힘들지도 않아요.

만약 그렇게 쉽게 다시 처음으로 돌아가면 다시는 잘못도 안 하고 실수도 안 하며 잘 살까요? 아마 잘못을 바로잡는 지혜를 배우지 못했기 때문에 여전히 똑같은 잘못을 할지도 몰라요. 그럼, 그럴 때마다 리셋 버튼을 누를까요? 계속 우리의 삶을 초기화하는 게 맞을까요? 만약 그렇게 하면 우린 계속 제자리를 맴돌며 아무런 발전도 못 하고 삶의 지혜도 얻지 못하겠죠.

누구나 실수하고 잘못도 해요. 그럴 때마다 책임지지 않고, 도망가고, 회피해도 이미 일어난 일이 없던 일이 되진 않는답니다. 그러니 용기를 내 보세요. 내가 벌인 일에 책임을 지고 잘못된 상황을 바로잡고 극복해 보세요. 아마 여러분의 생각과 마음이 한 뼘 자라 있을 겁니다.

이귤희